Kadokawa Fantastic Novels
4
U0025743
龍斗
月愛
KEIKENZUMINAKIMITOKEIKENZERO
位於戀愛光譜
NAOREGAOTSUKIAISURUHANASHI
極端的我們

啊哇哇哇……

cters
加島龍斗
白河月愛
黑瀨海愛
NEW!
仁志名蓮
不用說大家也認識的龍斗＆阿伊的好朋友。與另外兩人班級不同，卻做出總是待在一起這種大膽的行動。然後或許是受到龍斗的刺激，阿仁也有了心上人……！這邊也將會出現大膽的舉動，敬請關注！

關家柊吾
chara
谷北朱璃
NEW!
伊地知祐輔
在前一集經歷沉痛失戀的阿伊。由於受到過度的打擊，讓他埋首於自己最愛的遊戲中，找到了自己的路。但由於他玩得太過入迷導致體重暴瘦。而注視著瘦下來整體形象變清爽的阿伊的，到底是誰……？
山名笑琉

兩人終於
恢復成了真正的姊妹——

希望這一年都能過得幸福……！

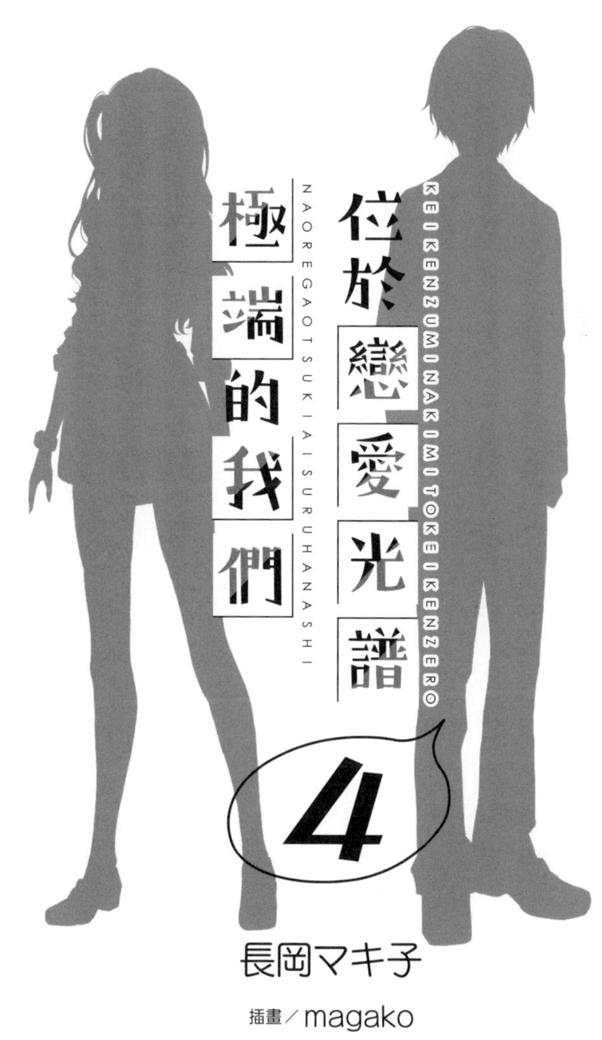

長岡マキ子

插畫／magako

Kadokawa Fantastic Novels

CONTENTS

序章

飛鳥畫出一道弧線，穿過湛藍的天空畫布。

和煦的陽光灑落十一月正午的南池袋公園。

我直接躺在碧綠的草皮上。雖然後腦勺和手臂有點刺刺的，不過一想到身旁的女友也和我一起感受著同樣的觸感，我就沒有任何不滿了。

兩人的頭頂處擺著印有水藍色標誌，成對的藍瓶咖啡。

我之所以感到有點疲憊，是因為我的意識角落還惦記著補習班的課業。今天是禮拜六，我在去補習班上課之前，先和來到池袋的月愛見面。

「真羨慕呢。」

身旁的月愛突然開口說道。

「怎麼了？」

我轉過頭，看到月愛正筆直地將視線投向蔚藍的天空。

「鳥兒不是哪裡都可以去嗎？」

「……月愛妳沒辦法嗎？」

月愛沒有回答我的問題，也沒有看向我。只是彷彿想抓住什麼似的，朝藍天伸出了手。

「人家一直在心中盼望著，好想獲得自由。」

她輕輕地低聲細語。

「妳打算逃離什麼？」

當我再度提問時，月愛終於望向了我。她的臉上點綴著柔和的微笑，讓我稍微放心了。

「不知道耶～真要說的話，爸爸對人家採取的是放任主義，奶奶也都是在忙自己的事，不會過問太多。零用錢也都夠用。」

月愛說完後輕輕一笑，再次望向天空。

「……但是，總有股喘不過氣的感覺。」

月愛收起了笑容，換上嚴肅的表情繼續說道：

「人家一直想回去。回到爸爸、媽媽、姊姊……還有海愛，我們五個人曾經一起住的那個家。」

她那帶有落寞色彩的聲音，彷彿留滯於藍色的天空之中。

「但是那個家已經不存在於地球上了呢。」

說出這些話的她，側臉就像精緻的糖果藝術品般虛無縹緲。

美得令我不禁為之驚豔。

第一章

在氣溫已變得相當寒冷的十一月下旬，某個星期天，我在品川的一間家庭餐廳。

我和月愛並肩坐在四人座位的沙發椅上。桌子的對面則是坐著山名同學與關家同學。

沒錯，也就是說這是一場雙重約會。

「啊～好期待海豚表演喔～！」

月愛雀躍不已地享用著巧克力聖代甜點。她常穿的露肩上衣已經換成秋冬款式的長袖針織毛衣，特別長的袖子看起來十分可愛。

我們計劃等一下前往附近的水族館。為了配合在下午海豚表演的時間入場，先在這裡打發時間兼吃午餐。

「海豚明明是魚卻會跳出水耶！會不會太厲害了？」

「咦？不、不是喔，海豚不是魚，是哺乳類動物喔。」

我委婉地糾正有點亢奮的月愛。

「真假？話說，還有魚以外的海洋生物喔？」

「嗯……不是也有螃蟹和海星嗎？」

「人家當然知道啦～！不過你看嘛，海豚很像動物吧？卻不是魚類？為什麼不是魚類呢？」

雖然我大概知道月愛在說什麼，不過對生物方面造詣不深的我沒辦法提出專業的見解，只能苦笑以對。

「話說哺乳類是什麼呀？好像在生物課的時候學過，但已經忘光了！」

「這個嘛～就是不是從蛋生出來，而是從媽媽肚子裡生出來的生物……」

「還有呢？」

「呃～還有就是……這個～這個嘛……」

「還有用肺呼吸喔。」

說出這句話的是對面的關家同學。

「所以牠們會為了避免溺水，游到水面上呼吸。」

「那麼，這就是海豚跳出水面的原因？」

「不，如果每次呼吸都要跳起來，效率未免太差了。那種行為還有其他的原因。有求偶或沖掉身上汙垢等各種說法。」

「「哦～」」

我和月愛不禁異口同聲地表示佩服。

「關家同學，原來你喜歡海豚？」

「應該說，我選修的就是生物。」

原來如此，真不愧是專業考生。

而現場有另一號人物對做出講解的關家同學投以尊敬之情更勝以往的熾熱視線。

「學長，你好厲害……！」

那就是坐在月愛對面的山名同學。原本已經很迷戀關家同學的她，此時更是對身旁的關家同學投出如痴如醉的眼神。

「……月、月愛。我們真的不會打擾他們嗎？」

山名同學從剛才開始就只看著關家同學。她的面頰潮紅，水潤的眼睛帶有光澤。

「沒問題啦。而且提議雙重約會的就是妮可。」

我小聲詢問月愛，她也悄悄地如此回答我。

「不、不過，他們兩人在那之後是第一次好好地見面吧？」

雖然校慶之後已經過了將近兩週的時間，但關家同學整天都在補習，山名同學也忙著打工。聽說這是他們第一次好好地與對方約會，讓身為雙重約會新手的我感到提心吊膽，不知道自己這個外人是否應該在如此重要的約會中當個電燈泡。

「就說沒問題啦。人家一直和妮可說如果我們都交了男朋友，一定要辦一場雙重約會呢。而且我們昨天在電話裡對這件事聊得很起勁，也提到關家同學是龍斗的朋友，絕對可以玩得很開心。」

「這、這樣啊……」

不過，那也應該隔一陣子再辦比較好吧……我有這樣的感覺。不過現在的山名同學看起來已經沒有顧及我們的餘裕了。

「哎唷～！」

就在這時，山名同學喊了一聲。那是很女孩子氣，一點也不像從她口中會發出的聲音。

「怎麼了？」

關家同學向她問道，山名同學則指著自己的膝蓋附近。

「冰淇淋掉了啦～」

山名同學吃的是和月愛同樣的巧克力聖代。看起來是在送入口中的途中，融化的冰淇淋滑出了湯匙。

「哇，趕快擦掉吧。不然會沾到衣服喔。」

「我的手黏黏的，學長你來擦嘛～？」

「呃，妳在說什……」

就在這時，偷偷瞧了過來的關家同學差點和我對上視線。我連忙裝作沒看到。

「真是的……」

關家同學拿起桌上剛用過的濕巾，擦著山名同學的膝蓋附近。

雖然從我這個位置看不到，不過今天的山名同學穿的是長靴加迷你裙。我推測，冰淇淋的掉落地點應該是絕對領域……也就是赤裸的大腿那塊對男生而言刺激性很強的區域。

若是月愛對我提出同樣的要求，就算不到慌亂的程度，感覺我也不可能保持那種冷靜態度。真不愧是關家同學。

「呀啊！」

山名同學又發出了可愛的叫聲。山名同學帶著滾燙的雙頰，以嬌豔的表情抬起眼睛望著關家同學。

「怎、怎麼了？」

「學長，好癢喔……」

「是妳要我擦我才擦的耶！別發出怪聲啦！」

然而就算是關家同學，面對這種情況也藏不住慌張。他提高嗓音，臉頰漲得紅通通的。

「呵呵。」

身邊的月愛不由得露出微笑望著兩人的互動。

「感覺他們就像待在兩人世界裡呢。」

月愛靠過來悄悄說著，並露出了愛捉弄人的孩子般的眼神盯著我看。

「我們今天也盡情談情說愛吧？」

她一邊說著，一邊將自己的手疊到我擺在沙發的手上。

「咦……！」

關家同學和山名同學還在我們面前啊……雖然我緊張地這麼想，不過對面的兩人似乎已經無暇顧及我們。於是心跳加速的我看著月愛。

「……是、是啊。」

看到我生硬地點了點頭，月愛開心地笑了出來。

「太好了！人家最喜歡你了，龍斗！」

面對那張宛如開錯季節的向日葵般的燦爛笑容，我的心跳聲暫時撲通撲通地吵個不停。

離開家庭餐廳後，我們前往水族館。

入館後最先看到的是水母區。那是個在陰暗的室內打上照明，讓光影營造出夢幻般羅曼蒂克氣氛的空間。我和月愛手牽著手，欣賞著反射藍色與紫色燈光的水母。由於這種氣氛太像是在約會，讓我在心動之餘還有一股坐立不安的感覺。我果然是個徹頭徹尾的邊緣人啊。

「哇～好漂亮！水母漂來漂去耶～！」

月愛的眼神緊緊地盯在水母上。我不禁對她可愛的側臉看傻了眼，胸口小鹿不停亂撞。

這時我偶然間往旁邊望去，看到關家同學和山名同學正站在另一個水族箱的前面。山名同學勾住關家同學的手臂……像要將那隻手壓在自己的胸部上一樣緊密貼合著。

「討厭啦～學長真是的～」

這邊聽不到關家同學的聲音，倒是能聽到山名同學發出的甜膩歡笑聲。只見山名同學更進一步地用胸部貼住關家同學的手臂。

「……哦哦……」

如果月愛對我做出那種動作，我覺得自己一定無法維持理智。不禁尊敬起此時仍能繼續擺出冷靜態度觀賞水族箱的關家同學。

「……感覺可以一直看下去呢。」

月愛的話讓我猛然回過神。

「就、就是說呀。」

幾乎沒在看水母的我連忙將視線移回眼前的水族箱上。

「我問你，水母是魚嗎？」

被月愛這麼問，我快速地想了一下。

「咦？不，我覺得應該不是……」

「那是什麼？」

「咦？呃……」

我無法像關家同學那樣帥氣地給出答案。但若是裝模作樣地胡亂回答，也只是在騙人。

「……是什麼呢……」

我只能含糊地說著。

「說嘛～是什麼啦～」

月愛沒有對我的回答表現出不滿意的態度，只是疑惑地偏著頭。

我希望想辦法挽回這種窘境。於是全力地絞盡腦汁，在腦中搜尋與水母有關的小知識。

「啊，這麼一說，我以前聽過某個說法。」

還產生了要是用手機查的話就輸了這種迷之固執。

接著我戰戰兢兢地將終於搜尋到的資料說給月愛聽。

「水母其實不會游泳喔。」

「咦，不會吧？」

這個話題意外地勾起月愛的興趣，讓懂得不算多的我有點慌張。

「咦等一下，那這是什麼？」

月愛所指的是看起來像在水中「游泳」的水母群。

「聽說牠們只是漂在水裡。」

「咦——！」

「所以如果水流完全停止，牠們可能會全部沉下去……」

「原～來是這樣啊……」

月愛看起來扎扎實實地吃了一驚。

「……人家完全想錯了。還以為水母是照著自己的想法自由地游來游去。」

她這麼說著，低下頭望著水族箱。

「什麼嘛，原來牠們是隨波逐流而活呢……」

「失望了嗎？」

我以為自己太多事，教了她不必要的知識。不過月愛輕輕地搖了搖頭。

「沒有……只是有點親近感。」

「親近感？」

月愛的意思是，她自己也是「隨波逐流而活」嗎？

話說回來……我突然想了起來。

——小朱很有趣喔。她很堅持自我，充滿勇往直前的氣魄。

玩生存遊戲的那天，月愛在離去的谷北同學身後，對她露出憧憬的欽羨眼神。

不隨波逐流，自由自在地生活。

原來月愛覺得自己並非活在那樣的生活中啊。

——人家一直在心中盼望著，好想獲得自由。

我不太了解那句話的意義。只是一直記得她在那之後露出的落寞表情。

——人家一直想回去。回到爸爸、媽媽、姊姊……還有海愛，我們五個人曾經一起住的那個家。

雖然不知道她為什麼會那麼想……不過讓她感到自己「不自由」的原因，看來就是家庭問題沒有錯。

我想要幫助她。

如果我能讓妳獲得自由……

但是，我不知道該怎麼做才好。

真是讓人焦急……我明明是她的男朋友啊。

「……龍斗？」

月愛在這時向我搭話，使我赫然回過了神。

「怎麼了？你看起來好像有心事耶？」

「哦，不是啦……我在想如果水母不是魚，那會是什麼。」

「咦，你還在想那件事喔？謝謝～」

月愛對我搪塞用的藉口感到很欣喜。

「稍等喔，人家這就查一下……咦？這是什麼意思？網路上說是『刺胞動物門』耶！」

月愛看著手機，皺起了眉頭。

話說動物門是什麼？是寶●夢（註：動物門與寶●夢尾音都是「モン」）的同伴嗎？好好笑喔～」

月愛天真無邪地笑著。她恢復成一如往常的開朗模樣了。

「『動物門』呢，是生物分類的其中一個階級喔。」

就在這時，關家同學走過來如此說道。當然，他的手臂仍被山名同學緊緊抱住。

「還要糾結在海月水母上到什麼時候啦。快走吧，你們這對笨蛋情侶。」

「笨……？」

「人家才不想被妳那麼說咧～！」

月愛紅著臉，朝緊貼著彼此的兩人提出抗議。

而對月愛回敬以笑容的山名同學，她的臉也紅得與月愛不相上下，看起來幸福得不得了。

「……不過話說回來，實在是難以相信耶。那個山名同學竟然變成那種模樣……」

走在水族館裡的我感慨萬千地低聲說著。

「只要提到學長的事，妮可就會變得很少女喔。她從以前就是那個樣子了。」

「是、是這樣啊……」

感覺與擁有在荒川的堤防上打倒二十名不良少年事蹟的少女一點也不像同號人物。

「……不過喔，山名同學今天的打扮會不會太辣了？」

這時我們都站在上行的手扶梯上，關家同學與山名同學那對情侶正好在我的前方，那副裝扮再次對我造成了震撼。

使人聯想到ＳＭ女王的尖頭高跟長靴。彷彿被撕到一半，破得到處都是的牛仔迷你短裙，將她那赤裸的大腿隱約地露到十分煽情的高度。開肩襯衫在胸口處同樣大大地敞開，把乳溝與疑似外穿胸罩的黑色布料一起露了出來。如果是自己的女友打扮成這種時尚風格，我一定會不知道把眼睛往哪裡擺。

雖然多虧了月愛，我看習慣了辣妹的穿著打扮。不過山名同學在服裝上下苦心的程度仍然讓我不禁多看兩眼。

「呵呵，那是因為妮可打算在今天晚上決勝負啦。」

月愛帶著別有深意的笑容如此回答。

「咦？『決勝負』是什麼意思……」

「當然就是那回事啦！畢竟她就是為了這個目的才向打工的店請假。」

「…………」

原來如此……也就是說，山名同學計劃與關家同學共度一夜，為此而勾引他啊。

「……咦？可是關家同學說過，他打算在約會結束後去自習室耶？」

「咦～真的假的？他連今天都要念書？」

「畢竟是考生嘛。那個人和還有一年以上的我不一樣，過完年就得面對重頭戲了。」

「這樣啊……妮可好可憐喔。」

月愛露出失落的表情，彷彿是自己被吊了胃口。

「妮可在這兩週裡很努力地忍耐喔。她盡可能不發ＬＩＮＥ，避免干擾學長念書。還在打工結束後到車站前等學長結束補習，就算只有一瞬間也想見他一面。」

「開始交往的時機不太好呢……畢竟接下來對考生是最重要的時期。關家同學一天有十三個小時都在念書，沒有多餘的時間啊。」

「不會吧！咦，等一下。一天有二十四個小時……那不就是一半以上的時間都在念書嗎！不行不行！如果是人家的話，馬上就死翹翹了！」

月愛臉色發青，擺出孟克的「吶喊」那張圖的姿勢。

「好扯……如果是那樣，偶爾還是應該喘口氣比較好吧～嗯！就決定是今天了！」

看來，月愛無論如何都想聲援自己的好友。

「好啊。」

她的那副模樣讓我感到可愛又溫馨，於是點頭同意了。

海豚表演的地點位於一處把一、二層樓打通的挑高劇場，館方一整天都會安排好幾場表演。雖然距離下一場表演還有二十分鐘以上的時間，不過座位區已經擠滿了人。

「哇啊，我們來晚了～！這裡這麼受歡迎喔？」

「啊，不過前排的位子還很空喔！」

「是啊～！」

「話說是不是有焦糖爆米花的味道？」

「啊，有人在吃耶～妳看那邊！好想吃喔～」

「看起來好好吃～！」

月愛和山名同學一邊想到什麼就說什麼，一邊往前排座位移動。而當我跟在她們後面時，突然注意到某件事。

「……該不會，前排很容易被淋成落湯雞？」

仔細一看，一直到第四排座位的地上都濕淋淋的。可能是上一場表演留下的水。其他遊客似乎也很清楚這點，坐在前面的遊客都披著透明雨衣，做好萬全的準備。

「不過，後面也已經沒有位子了……我去買大家的雨衣喔。」

關家同學這麼說著，自己爬著樓梯往上方的商店走去。

留在原地的我們則是尋找要坐的位子。

「欸，既然都來到前面，要不要乾脆坐第一排？」

「咦～真的要嗎？好可怕喔～！」

聽到山名同學的建議，月愛興奮地喊道。

「搞不好有機會可以摸到海豚喔？」

「欸～不可能吧？」

「有機會、有機會啦。」

於是女生們嘻嘻笑笑地坐到第一排座位，這下子我肯定要被淋得渾身濕透了。

「哇啊，真的假的，坐第一排喔？」

關家同學這時剛好買完四件斗篷雨衣走了回來，看到這個選擇後驚訝地提高嗓音。

「啊，學長。那是爆米花嗎？」

除了雨衣之外，關家同學手上還拿著兩份爆米花。

「妳不是說想吃嗎，拿去吧。」

「咦，連人家也有嗎？」

和山名同學一起接過爆米花的月愛變得客氣起來並感到不知所措。

「啊～錢我已經跟龍斗收過了。要謝的話就謝謝妳的男朋友吧。」

「咦？」

聽到關家同學說出連自己都不記得做過的事，我不禁詫異地望向他。他使了個眼色，我猜那個意思是「就當成是這麼回事吧」。

之後得記得給他爆米花的錢呢。

「原來是這樣啊？謝謝你～龍斗！我們一起吃吧～！」

月愛天真無邪地笑著。於是我們重新坐了下來。

「學長，謝謝你～！」

山名同學也開開心心地將爆米花放進嘴裡。

「我們都交到溫柔的男朋友，真是太好了呢。」

「呵呵，就是說呀～！」

月愛也害羞地笑了。

「…………」

感覺這樣真的很有雙重約會的氣氛呢。

雖然我對自己這種只喜歡觀看遊戲實況影片的邊緣人能與這群俊男美女一起「雙重約會」的事實，至今仍感覺不夠真實……不過感覺心裡癢癢的，有股微微的暖意。

我們四個人並肩坐在一起，欣賞海豚表演。

雖然已做好某種程度的覺悟，知道自己會被水濺到。實際狀況卻輕易地超出我的想像。

「呀啊～！」

「太誇張、太誇張、太誇張了！」

游到我們面前的海豚甩動尾鰭猛力加速，水花濺得女生們發出尖叫。雖然我們坐在第一排位子，被濺到水是理所當然的事。但是臉濕成這樣，真想說沒有這個必要吧。如果沒有穿雨衣，我們毫無疑問會變成一群落湯雞。

但不愧是讓這麼大的劇場塞滿觀眾的表演，整場秀充滿海豚們默契十足的跳躍與泳姿，再搭配音樂與水舞等舞台效果，讓人目不暇給。整場表演就在帶給觀眾們無窮的樂趣之後，順利地結束了。

「水濺得好猛喔，妳還好吧？」

「嗯！幸好人家已經先把沒吃完的爆米花收起來。」

在我一邊和月愛聊天，一邊準備離開座位的時候——

「討厭～全身都濕透了。」

坐在月愛旁邊的山名同學脫著斗篷雨衣，發出嬌豔的聲音。

「咦，糟了，妮可！」

月愛震驚地看著山名同學，我也不禁懷疑起自己的眼睛。

山名同學的上半身整個濕透了。濕淋淋的襯衫緊緊貼著皮膚，清晰地突顯出身體曲線。即使不看這點，由於她穿著大秀肩膀與乳溝的性感打扮，濺濕的衣服貼在身上時，就變成遠比穿泳裝還煽情的裝扮。

「等一下，妳怎麼會濕成那樣？不是穿雨衣了嗎？」

關家同學也吃了一驚。

「因為太熱了嘛，我就把前面打開……」

山名同學摸著濕掉的襯衫，怕冷地縮起身體。

「既然都濕透了……要不要找個地方把身體弄乾……？」

就算在我的眼裡，雙頰泛紅、抬起眼睛望著關家同學的山名同學也是既色情又可愛。若是月愛對我說這種話……我的下半身可能會失控爆炸吧。

「啊，已經到這個時候了呢！差不多該解散了吧！」

這時月愛似乎想起了什麼事，看了看手機後如此提議。她應該是打算幫好友一把吧。

於是我們直接離開水族館，朝車站走去。

「欸欸，龍斗。你覺得妮可他們等一下會怎麼樣？」

「唔、嗯……」

老實說，如果我是關家同學，應該會找個能讓兩人獨處的地方吧。女朋友都如此露骨地勾引自己，再怎麼內向的處男都不可能忍得住。

然而，關家同學是重考生，現在對他是很重要的時期。他也說過接下來要去自習室……

我一邊這麼想著一邊走到了車站。不過就在沒什麼打算的我準備進站的時候——

「龍斗。」

走在後面的關家同學喊了一聲，讓我回過了頭。

「什麼事？」

關家同學稍微靠向停下腳步的我，說道：

「我們就先告辭囉。」

「咦？啊……」

我懂了。

從關家同學那張看似有點憤怒的認真表情上，可以看出他已經沒辦法保持冷靜。

身旁的山名同學從剛才開始就披著他的防寒夾克，低著頭漲紅了臉。

「……了、了解……」

這個畫面實在太過露骨，連我都開始臉紅心跳。

也是呢。這兩個人等一下就……

……好羨慕喔。

「那就明天見啦，妮可。」

「嗯。」

月愛和山名同學簡單地道別後，我們就地解散。

「……太好了，妮可辦到了呢。」

當我們兩人回頭繼續走向車站時，月愛雙手挽著我的手臂，有點激動地低聲說著。

「那就是那回事吧？」

「應該是吧……」

連我這個處男都看得出來。那股氣氛恐怕就是那回事。

「他們會去哪裡呢？去妮可家的話……得濕著身體搭電車才行，那會很不舒服。或是澀谷這個普通但可靠的選擇？不知道這附近有沒有那種地方？」

什麼地方？——我腦中浮現這個疑問，不過立刻就明白她指的是愛情旅館。

「………」

在這種時候想起月愛是「有過經驗」的女孩子，不禁讓我有點消沉。

普通但可靠的澀谷……普通但可靠……也就是說，月愛或許曾經去過澀谷的旅館。

在那之後，「普通但可靠的澀谷」這句話一直在我腦中徘徊不去。我像打地鼠一樣，一次又一次強行壓下對她的過去沒完沒了的妄想，努力讓自己不要亂想。

和月愛交往已經過了整整五個月。在她歷任的男朋友之中，我到現在仍維持著交往時間最長的紀錄保持人身分。我也因此建立起不少身為月愛男朋友的自信，不會再像以前那樣輕易地陷入自卑。

然而，如果要舉出唯一一個我感到不如她那些前男友們的地方，那就是……沒有和她「做過」這一點。

「龍斗♡」

月愛一邊走著，一邊將臉靠在我的肩膀上。牽著我的那隻手所散發的溫暖，也帶給了我心動與安心的感受。

月愛經常與我有肌膚接觸。但是她到現在仍然沒有提出「想做」的要求，所以我偶爾會有種悶悶不樂的感覺。

差不多是時候了吧？一個月後就是聖誕節，是再適合不過的初體驗時機。

「……欸～龍斗？」

「嗯？怎麼了？」

在電車裡，月愛向我搭話，於是我望向了她。

月愛的臉上掛著些許埋怨的表情。

「龍斗和人家在一起的時候，老是在想事情呢。」

「啊，抱歉……」

「是沒有關係啦，人家也知道龍斗就是這樣的人。只不過人家覺得，如果你想的事情和人家有關，希望你可以直接說出來……」

月愛說著這些話時，那副落寞的神情稍微刺痛了我的心。

「我們的個性完全不同對吧？所以才會像之前那樣出現摩擦……為了防止以後再發生那樣的狀況，人家覺得把各自的心裡話說出來比較好喔。」

聽到月愛這麼說，我想起之前校慶時發生的事。

「妳說得沒錯……」

「雖然『不用言語就能互通心意』是一種理想的相處方式。但人家覺得，成為那種關係的人們應該不是一開始就能走到那步。畢竟世界上沒有完全一樣的人嘛。」

月愛低著頭說道。

「應該是彼此相處了很長一段時間，逐漸了解對方……最後才能達到那樣的關係。」

「嗯……」

這時，月愛抬起了頭。

「人家好想早一點和龍斗成為那樣的關係。所以……盡量把話講開吧？」

在那雙閃閃發亮的大眼睛注視之下，我點了點頭。

「我知道了，妳說得對。」

雖說如此，我也不能就這麼說出「我想快點和妳上床」這種話。

「……我在想的是……聖誕節要怎麼過……」

當我委婉地這麼說，月愛露出恍然大悟的表情。

「啊，聖誕節！對呀，就是下個月了嘛。」

然後她有些害羞地露出微笑。

「人家之前也稍微考慮了一下……龍斗，要不要來人家的家裡？」

「咦！」

我大吃一驚，情不自禁地發出引人側目的叫喊。

自從她接受告白，我們開始交往……她突然說出「要先去沖澡嗎？」的那天以來，我就再也沒去過月愛家了。既然我打算等她開口，就不可能主動提出「想去」那個發生過那種事的房間。幸好月愛很中意我的家與家人（順帶一提，我的母親也很中意月愛），已經養成來我家開讀書會等等的習慣了。

「可、可以嗎？」

我小心翼翼地詢問，月愛則是微笑著點頭。

「嗯。人家會努力做出一桌聖誕節大餐，龍斗到時候一起來吃吧～！人家也覺得差不多該把龍斗介紹給爸爸他們認識了。」

「啊……這、這樣啊。」

我擅自以為她打算在家人不在時邀我過去，害得心臟撲通撲通猛跳，結果不是那樣啊。

雖然這種失望讓我對她有點不好意思，但只要去她家，總會有和月愛在房間獨處的機會。至於做色色的事情……即使不走到那步，但或許有機會在燈光好氣氛佳的情況下卿卿我我。

一想到這裡，我的呼吸就變得急促起來。

相對於我的激動，月愛的臉上泛出溫和的微笑，眼睛望向遠方。

「……只要和龍斗在一起，今年的聖誕節也許就不會感到寂寞了。」

「咦……？」

「以前的聖誕節，我們全家人都會聚在一起度過……所以每到這個季節，無論如何都會想起那個時候。」

月愛依舊帶著微笑，向一臉疑惑的我說著。

「會有聖誕老公公來到家裡，親手送禮物給我們。那時候好開心呀。」

「好、好厲害啊……」

他們還委託了那種服務嗎？白河家真是用心過節日啊……當我對此感到佩服時，月愛輕輕一笑。

「雖然聖誕老公公就是爸爸啦。小時候人家半信半疑。因為媽媽說過『那個和爸爸很像的聖誕老公公會來喔』。」

「原來如此……」

「不過人家有一年發現了真相。因為聖誕老公公的襪子花色與爸爸當天穿的一模一樣。那是和媽媽去動物園時，人家和海愛選來當成禮物送給爸爸，有熊貓花紋的襪子。連洗太多次而褪色的地方都一模一樣。」

「伯父……搞砸了呢。」

「就是說呀～不過知道聖誕老公公就是爸爸之後，人家有點開心喔。」

月愛邊說邊笑，隨後又恢復成遙望遠方的眼神。

在週日傍晚的電車裡，從遊玩地點搭車返家的人潮雖然熱鬧但又不會太過擁擠。與逐漸黯淡的外頭景色正好相反，車廂中飄蕩著愉快的氣氛。

「人家在那個時候很喜歡爸爸喔……雖然這不表示現在就討厭他啦。」

考慮到她的境遇，我可以推測那種複雜的感情。

她原本最喜歡的父親外遇出軌，背叛了自己的母親。整個家更因此分崩離析。她不可能不對此百感交集。

「其實人家本來想在聖誕節之前和海愛和好……但很困難呢。況且校慶也結束了。」

「朋友計畫……還要繼續下去嗎？」

我遲疑地問著，月愛用力地點了點頭。

「嗯。畢竟人家想早點和海愛修復關係嘛。」

「這樣啊……」

雖然我對黑瀨同學抱持複雜的感情，此時也只能低下頭如此回應。

黑瀨同學……她是月愛的雙胞胎妹妹，也是我的初戀對象。那個女孩當時明明拒絕了我，現在卻……傾心於我。

若是月愛的「朋友計畫」繼續進行下去……在一旁協助的我往後勢必仍然有與她接觸的機會。

「不過呢，呵呵呵……」

我望向發出笑聲的月愛，看到她的臉上浮現出微笑。

「妮可她能達成願望，真是太好了。現在這個時候應該已經……對不對呀？」

「是……是啊，沒有錯。」

一想到山名同學和關家同學，我的下流妄想就不斷膨脹，同時也對他們羨慕得要死。

「……啊！」

就在這時，我想起一件事。

「怎麼了，龍斗？」

「不，沒事。」

忘記給爆米花的錢了。

……算了，下次見面時再給就好了。明天應該能遇到他吧。

而且他有可能因為沉浸於無比的幸福之中，就算永遠不還錢也不會計較呢。

想到這裡，我就沒有特別多做聯絡。

◇

然而——

在隔天的星期一，山名同學直到第一堂課的鐘聲響起，才在勉強沒有遲到的情況下趕到教室。而且任誰都看得出她哭腫了眼睛。

「妳怎麼了，妮可？一直都沒有看ＬＩＮＥ，人家很擔心耶？」

一到下課時間，月愛就衝到山名同學的座位旁。

上半身癱在課桌上，垂著雙手的山名同學虛弱無力地開口回答：

「……被甩了。」

「咦！」

坐在附近豎起耳朵偷聽的我聽到這句話，不自覺地站了起來。

「不會吧？為什麼？」

好友的意外回答讓月愛臉色驟變，並加強了語氣。

「也就是說他的目的是妮可的身體？只玩過一次就甩掉女方？」

在眾人好奇發生什麼事的目光中，我為了聽取兩人的對話而鑽到圍觀群眾裡，站到月愛身邊。

「……不是，我們沒有做。」

山名同學連坐起身的力氣也沒有，直接趴在桌上回答。

「在那之後，他在車站對我說『我們暫時保持一段距離吧』……」

「為什麼？」

「他說『我想先專心在升學考試上』……」

「衣服呢？妳明明渾身濕成那樣了！」

「學長在車站裡的ＵＮＩＱＬＯ幫忙買了衣服，等我換好衣服後就回去了……」

「…………」

月愛的憤怒值接二連三地突破上限，瞬間傻住了。

「……可、可是喔。那就不算是『甩掉』吧？是保持距離吧？」

「……是那樣說沒錯……但是這跟甩掉沒兩樣嘛……他還說『我不會再聯絡妳，也不會回覆妳的聯絡。妳想忘掉我也沒關係』。」

「他……他為什麼要說那種自私的話！」

月愛憤怒地渾身發抖，哭紅眼睛的山名同學則是陷入恍惚狀態。

「……是不是我表現得太過頭，惹學長生氣了呢？也可能是他喜歡清純的女生，所以被我的樣子嚇到了……」

「怎麼會……！」

「『想要專心在考試上』這句話也許不過是藉口，其實只是他對我的感情變淡了也說不定……」

那一定是昨晚夜不成眠的她反問自己幾十次之後得到的結論吧。

「只有這種可能了啊……」

山名同學雙眼空洞，虛弱地自言自語。

「我聽說了喔，關家同學。你為什麼對山名同學做出那種事……」

當天放學後，我如同往常般在補習班的休息室與關家同學見面。開口就丟出這句話。

關家同學的樣子乍看之下與平時沒什麼不同。但仔細一看，他的臉上帶著很深的倦容。

也許關家同學和山名同學一樣，整晚都沒有睡。

「什麼為什麼……你也看到了吧？那傢伙昨天滿腦子想著和我上床啊。」

你在炫耀嗎！我也好想說說看這種話啊～～！

我把嫉妒心滿滿的話吞回肚子裡，開口說出較為冷靜的意見。

「……這不是求之不得嗎？而且山名同學是關家同學的女朋友。」

「一般來說是這樣沒錯，但你也很清楚我現在的狀況吧？」

「算是啦……」

他的意思應該是自己是重考生，而且正面臨大考吧。

「我大概能想像得到。做過一次之後，只要有時間，我們就會跑到對方的家或旅館裡。連續三個月都像猴子一樣過著糜爛的生活。等到好不容易清醒過來恢復成人類後，我的考生生涯就會在各種意義上結束了。」

「哦……」

對於不曾有過經驗的我而言，這段敘述宛如浦島太郎遊龍宮的故事般缺乏現實感。

「你們一開始也是這樣吧？啊，你們應該已經交往很久了吧？」

「咦？不、不是啦……」

突然被他點到名，沒有經驗的我慌了手腳。

「感覺你們的關係已經平靜下來了，或者該說充滿安定感呢。」

「沒有啦，那個……到現在才剛好五個月。」

「哦～這麼快就平靜了？白河同學不是你的第一個女朋友嗎？我當初可是整整半年都像隻猴子呢。」

「……這麼嘛，呃……」

不行了，我沒辦法再掩飾下去……

就在我這麼想的時候——

「……哦……原來是那麼一回事。」

關家同學咧嘴一笑。

「真是青澀呢。這就是所謂的純愛嗎？」

「也、也不是那樣啦……」

只是結果剛好如此，談這種柏拉圖式的戀愛並非我的本意。

「……我是個處男真抱歉……」

關家同學對垂著頭的我笑了笑，但沒有取笑我的意思。

「哎呀，我覺得純愛也不錯啊。如果我和山名……至少在考完試之前都能維持那種狀態就好了呢……」

看著彷彿望向遠方的關家同學，我突然有個疑問。

「你直接把這些話說給山名同學聽不就好了？」

「沒有用吧。這兩週來，我們既沒有好好地見上一面，也只有最低限度的聯絡。她一直在拚命勉強自己。結果不就是約會時整個人失控，變成那樣嗎？雖然我們在校慶時戲劇性地重逢，趁著那股轟轟烈烈的甜蜜氣氛開始交往。但以這種情況，我們實在沒辦法走下去。」

「可、可是，只要你仔細地說明。山名同學或許就能明白關家同學的現狀，耐心等你也說不定啊……」

「你要我叫她等到三月所有學校的考試都結束？距離現在還有四個月耶？」

「她不是等過嗎？這三年來，她一直想念著已經分手的關家同學……」

「那是因為我沒有要她『等我』吧？這和交往時要對方等待自己完全不一樣。」

關家同學如此斷定，接著低下了頭。

「畢業之後我才有深刻的體會。高中時代的時間密度與之後的生活截然不同。那是一段既寶貴又特殊的日子。只要過了四個月，自己就會變成完全不同的人。你不這麼覺得嗎？」

「咦……？」

我回想起四個月前的自己。那是和月愛開始交往剛好一個月的時候。那段時期的我絲毫沒有預料到之後將會在夏天遇上一連串風起雲湧的事件。

如果再回溯四個月，我就只是個普通的邊緣人兼ＫＥＮ粉。連在夢裡都不敢想像能與憧憬的「白河同學」交往。

他說得對，四個月是很長的一段時間。

「如果要她為了什麼也做不了的我，被束縛寶貴的四個月……那太對不起她了。那傢伙是個好女人，我不想剝奪他人自由享受青春的權利。」

關家同學低聲說完後深深嘆了口氣。那副表情似乎充滿焦躁的神色。

「我現在真的沒有關心她的餘力，光是自己的事就已經讓我耗盡心力。有人正在等我，這個狀況讓我很難過……感覺承受不住壓力。而且剛才模擬考的成績發回來了，這次錄取第一志願的可能性分析仍然是D……」

原來這就是他感到焦躁的原因。

像關家同學那樣努力讀書卻還是上不了的志願學校到底是哪間啊……我腦中突然閃過這念頭。

「話說回來，關家同學你的目標是哪間大學？」

聽到我這麼問，關家同學將頭撇向一旁，露出不滿的表情。

「……老實說，哪一間都行啦。只要能進醫學系就好了。」

啥？

「醫、醫學系？你想當醫生嗎？」

關家同學對吃驚的我投出傻眼的眼神。

「你真的對我一點興趣也沒有耶……我不是經常在翻醫學系課程的教科書嗎？」

「…………」

就算他這麼說，我還是毫無概念。看來我這個人太沒有觀察他人的能力了。

「醫學系啊……」

雖然在一般印象中，有那種目標的人都會去專門的補習班。不過K補習班也有醫療學系的課程，就算有以醫學系為志願的學生也不奇怪。

「這目標並不是高中三年都在玩的傢伙，用功讀一年書就能達成。就算如此，我也不想再給父母添麻煩……無論如何都得在明年考上。」

「所以為了這個目標……你只能與山名同學保持距離了。」

我鬱悶地說著，關家同學微微點了頭。

「……以現在的我和那傢伙的狀況，只能這麼做了。」

沉默一段時間後，關家同學自暴自棄地抓了抓頭。

「真是夠了～那傢伙到底是怎麼回事啦。為什麼興致那麼高昂？明明是處女。昨天我好幾次都得彎腰遮著。」

那樣真的不行啦。要是開始交往，我一定會無法忍耐……看著像在哭訴的關家同學，我終於萌生同情之心。

雖然他煩惱的方向與我正好相反，但這毫無疑問對他是一種很難受的狀況。

「那不就是因為她最喜歡關家同學了嗎……」

當我安慰著他時，不知為何突然對某件事豁然開朗。

腦中回想起月愛的聲音。

——人家最喜歡你了，龍斗！

月愛經常對我這麼說。我未曾懷疑過，那句話也毫無疑問是她的真心想法。

然而——

我從來沒有在月愛的身上感受到山名同學昨天的那種煽情氛圍。

這樣一想，月愛對我抱持的「喜歡」，果然還處於發展的階段。

所以她沒有找我上床也是理所當然。

「「唉……」」

我打從心底發出的嘆息，正巧與關家同學的嘆息重疊在一起。

「……為什麼是你在消沉啊。」

和我對上視線的關家同學情不自禁地笑了出來。

「那我先去自習室了。下次模擬考的可能性分析如果沒有拿到B，就來不及了。」

他半開玩笑地說著，站起了身。看到他即將離開，我突然想起一件事。

「啊，關家同學！」

我從口袋裡掏出零錢交給他。關家同學看著掌心，皺起眉頭。

「……這是幹什麼？你要施捨我嗎？」

「昨天爆米花的錢啦。」

聽到我這麼說，關家同學放鬆了表情。

「哦……你這個人還真是守規矩呢。」

他將握著零錢的手塞進外套的口袋裡。

「謝啦。我就用這些錢買關東煮暖暖身子吧。」

他這麼說完並逐漸離去的背影，看起來彷彿比平時更加瘦小。

◇

在那之後又過了兩週，時間來到十二月。

在某天因為即將到來的期末考而氣氛緊繃的教室裡，全班在班會上討論起「校外教學的分組」這個議題。

我們二年級學生預計在三月時進行校外教學。由於名義上姑且算是「教學旅行」，所以之後會利用綜合科目的上課時間，讓各組學生制定自由行動時間的行程，以及調查參觀景點的歷史與文化。

「每個小組的人數最低五人，最多為七人。組裡一定得包含男生和女生。那麼就請大家各自決定組員吧。」

班級代表說完之後，班上同學們起身開始分組。

「龍斗！」

一聽到月愛的呼喚，我就走了過去。山名同學和谷北同學已經在她的旁邊了。

「我們一組吧～？」

「嗯，請多指教。」

月愛之前就提過要和我同一組的事。

「伊地知同學呢？他今天好像請假？」

「是、是啊……」

被月愛這麼一問，我就一邊偷看谷北同學的反應一邊點頭。

阿伊在校慶結束後就經常因為不舒服而請假。即使來了學校也經常在發呆。午休時甚至只吃掉半個自己帶的便當就收起筷子。被谷北同學拒絕告白的事似乎對他造成很大的打擊。

「反正有加島同學在，姑且就讓他加入我們這組吧？」

「說得也是～如果他有其他想去的組，就等他來學校後再說吧。」

我看了看正在和月愛交談的谷北同學，她似乎沒有特別被罪惡感糾纏的樣子。換作是我，現在一定會愧疚得寢食難安。她果然是個乾脆俐落的女孩子。

「海愛！」

這時月愛喊了一聲，我不禁縮起身體。

「和人家一組好不好～！」

我望了過去，只見月愛步步逼近不知該如何反應的黑瀨同學。

「唔……嗯……」

似乎想不到能和誰一組，為此不知所措的黑瀨同學表情僵硬地點了點頭。

「太好了！決定啦決定啦！」

月愛以特別高亢的聲音很開心地拉著黑瀨同學的手走了過來。我覺得月愛的亢奮情緒應該是她為了掩飾緊張的手段。

「那麼小組成員就是在場的人加上伊地知同學。我們這組的名單就這樣定囉？」

我們都對月愛的話點頭表示贊同。

「要是仁志名同學也在，就能湊齊那次生存遊戲的成員了呢～」

「這也沒辦法，畢竟不同班嘛。」

我回答谷北同學所說的話之後，突然想著阿仁的狀況。

阿仁在分組時應該有如身處地獄吧……就是因為他在自己班上沒有朋友，才會每次下課時都跑來我們班。

雖說如此，我也沒有多餘的心力擔心別人。

黑瀨同學碰巧與我對上視線，朝我微微一笑。

「…………」

我沒辦法對她說什麼話，只能擠出一張不知道算是笑臉還是苦笑的複雜表情。

「那麼，接下來請大家以小組為單位進行作業～！」

在班級代表一聲號令之下，我們依照組別將桌子併在一起。

「首先請決定組長與副組長。」

當班代說完話的瞬間，月愛就舉起了手。

「好！人家要當組長！」

接著，她望向鄰桌的黑瀨同學。

「然後，海愛可以當副組長吧？」

「咦……！」

黑瀨同學吃驚地說不出話。

這應該也是月愛「朋友計畫」的其中一環吧。她一定是打算和黑瀨同學各自擔任組長與副組長，利用職務之便拉近彼此的距離。

既然如此，那就得協助月愛才行……我望向黑瀨同學。

「黑、黑瀨同學既認真又有責任感……我覺得適合當副組長。而且她作事很有一套……和她一起當值日生的時候相當輕鬆。」

我的話讓黑瀨同學的臉上微微泛出紅暈。

「那……好吧，我要當。」

於是組長與副組長就這麼決定了。此時班代又再次宣布：

「麻煩組長和副組長到前面集合～！等一下要說明校外教學前必須請你們製作的學習筆記～！」

「啊，要集合耶！海愛，我們走吧！」

「咦？嗯、嗯……」

從頭到尾都無所適從的黑瀨同學只能被迫跟隨月愛的步調，被帶到教室的前面。

現在只剩下我、山名同學和谷北同學還坐在位子上。

「唉……校外教學啊～」

山名同學大大地嘆了一口氣，谷北同學則是望著她。

「妮可，後來妳有跟『學長』聯絡嗎？」

「沒有喔，怎麼可能聯絡他啊。我不想再被學長討厭了。」

「是啊～他現在忙著念書嘛。」

「…………」

每天都和關家同學在補習班見面的我，不由得對山名同學感到抱歉。

山名同學與目前仍然陷於失戀症候群的阿伊不同，她已經差不多振作起來了。

「我猜學長可能對我不滿意吧……學長他上高中之後似乎很受歡迎，應該跟很多漂亮的女生交往過吧……那個詞叫護花使者嗎？他也做得很自然。因為他和過去不同，很熟悉與女生相處的方式。老實說約會的時候我嚇到了。」

聽到嘆著氣的山名同學所說的話，谷北同學露出興奮的表情。

「欸～有經驗豐富的男朋友真好！如果要交男朋友，人家一定會找知道怎麼和女生相處的人。」

「咦～真假？」

「那樣的人不是感覺可以計劃出很棒的約會嗎！而且人家希望男朋友在各方面都能主動帶領。」

「欸～感覺那樣的人很輕浮，反而讓人擔心耶。不習慣約會的比較讓人放心不是嗎？」

因為我就坐在兩個人的中間，立刻被捲入了這場女生們的戀愛討論。但要是故意裝作沒聽到也不太自然，只好擺出一本正經的表情乖乖旁聽。

「……我覺得如果是學長，就算他仍然是處男也沒關係喔。」

「那是因為妮可妳在國中的時候就喜歡上了那個『學長』啦！」

山名同學一臉有點鬧彆扭似的嘟噥著，谷北同學則是立刻提出反駁。

「上了高二，條件稍微不錯的男生們大多有女朋友，要不然就是曾經有交往的經驗吧？沒有經驗的男生就沒有吸引力呢～」

「沒有經驗」這句話差點刺痛了我的心。不過我對自己說：「沒問題的，我現在有女朋友。」幫助自己振作起來。

「妳看嘛，處男不就是『其他女生都不屑一顧的男生』的證明嗎？況且男生又沒有什麼保持節操的理由。所以人家才不喜歡～」

我感覺到胸口彷彿被一支特大號的長槍狠狠刺穿。這道攻擊來得又快又突然，想躲都躲不過。

「嗚嗚……」

我不小心就發出了怪聲，不過沒問題、沒問題的……

我有月愛在。月愛對著就算是處男的我，說了喜歡，還願意和我交往。而且再過一段時間……在不遠的未來裡，我應該可以在兩情相悅的情況下脫處吧。

「…………」

山名同學或許是因為曾經從月愛口中聽過我們的交往狀況，察覺到沉默的我心中在想什麼。感覺她對我投以同情的視線。

「……說得也是，女人的慾望具有強烈的社會性因素，只想得到別人已經擁有的東西。或是看到別人想要什麼，自己也會想要。」

山名同學這麼一說，谷北同學就用力地點頭。

「對對～就像只要是憧憬的對象所擁有的東西，無論是什麼看起來都很棒。上流名媛身上的名牌包或配件之所以廣受歡迎，原因就在這裡。」

「美甲也是這樣喔。有很多女生都是看到朋友做的美甲之後，自己也開始想接觸。」

山名同學一邊看著自己裝飾得十分花俏的指甲，一邊如此說道。

「女孩子就是想和朋友享用同樣的食物、持有同樣的物品，還有互相討論『那個很不錯呢～』或是『那個不怎麼樣呢～』。因為與人產生共鳴就是一種快感。」

這時，山名同學轉頭望向直到剛才都與空氣化為一體的我。

「在這點上，男生則是獨行俠。那好像叫作開拓精神？出外旅行尋求未開之境，對其他人還沒見過的事物有著想看的強烈慾望吧？」

「算、算是啦……的確很令人憧憬。」

「男生對『專屬於己的事物』或『只有自己知道的事物』具有不知道該稱作特殊情感還

是優越感的心態，而且覺得很重要吧？」

「一、一般來說是那樣沒錯……」

雖然我覺得那是任何人類都具有的普遍慾望。難道對於大部分女孩子而言，那並不是什麼重要的事嗎？

這是個新鮮的發現。

「我不喜歡用『因為是男性』或『因為是女性』來一概區分。但這也沒辦法，實際上就是有所不同。當然也是有例外。」

「嗯……」

對她的話感到佩服的我，突然心生一個疑問。

「……山、山名同學，妳以前沒有和關家同學以外的人交往過對吧？為什麼妳對戀愛這麼熟悉？」

隨後，山名同學以指尖玩起頭髮，發出「嗯～」的聲音。

「你也知道，我算是大姊頭型的人物嘛。從國中的時候開始，就常常有朋友或學弟妹找我做戀愛諮詢。」

她說得沒錯。在我得知內情之前，也一直隱約認為她是個戀愛經驗豐富的人。

「剛開始我只是隨便應付一下。不過，在聽了許多人的愛情故事之後，就越來越明白男女的愛情觀與慾望的不同之處呢。」

這樣的她卻因為對男性的慾望有著粗淺的認識，企圖利用那些知識誘惑關家同學，最後導致對方想跟她保持距離。不免讓人有「善泳者溺」的感想。

「在這層意義上，你往後得多加小心才行喔，加島龍斗。」

「！」

突然被她點名提醒，讓原本放鬆警戒的我大受動搖。

「憧憬露娜的女孩子很多喔。社會上不是發生過知名美女藝人的丈夫外遇的醜聞嗎？那種事件的外遇對象就是懷抱『想要和憧憬的上流名媛持有同一款名牌包的心態』。」

「那、那是什麼啊……」

「是我剛才命名的心態。所以說，當男性交到魅力出眾的女朋友，女人緣就會開始提昇到超出自身實力的程度。」

她們把男性當成名牌包嗎……？女性真是可怕啊。

「但是那種說法或許沒有錯喔～明明男方並非自己的菜，卻因為『既然是那個人選擇的男性，一定是很棒的人吧』的心態，讓男方的帥氣度看起來提昇五成，世上也是存在這種案例呢。」

「對呀對呀。那種想法很危險呢。」

谷北同學拍了一下手表示贊同。山名同學則是朝我探出身體。

「你得多加小心喔。」

被她銳利的眼神這麼一瞪，我不禁整個人縮了起來。

「咦？唔、嗯……」

「我事先提醒你。往後如果有其他女孩子接近你，那個女生在意的也不是你本人，而是露娜。」

「欸～但是搞不好真的有中意加島同學這種人的女孩子呀？」

谷北同學這麼表示。山名同學將雙手抱在胸前。

「若是完全不認識露娜的女生，有可能吧。而且必須是沒看過她的照片，也完全不知道露娜存在的人才行。」

「嗯～那我們學校的人應該不可能了～那些人一看到加島同學，就會聯想到露娜嘛。」

「會當他是『那位白河月愛的男朋友』吧。」

「…………」

聽到兩個人這麼說，我陷入了沉默。

看來在女生的圈子裡，月愛是一位遠超乎我想像的領袖級人物。

「……怎麼了？你已經想到有誰正在企圖接近你嗎？」

我被山名同學稍微瞪了一下，急忙回過神。

「不、沒事，沒有啦……」

此時，黑瀨同學回到我們這邊。她將抱在胸前的大量講義攤放在桌上。

其中一張講義掉到了地上。當我伸手去撿的時候，意外地將手蓋在另一隻同時伸出去撿拾講義的手上。

「啊，抱歉。」

我慌張地抬起頭，隨即看到黑瀨同學那張泛紅的臉。

「……不會，我才該說抱歉呢。」

黑瀨同學輕撫被我碰到的手背，將講義放回桌上。

「大家都看過講義了嗎～？」

月愛在這時候也回來了。

「還沒喔～黑瀨同學才剛回來嘛。」

谷北同學如此回答，並且從依人數分配的講義中拿走自己的那份。

「嗚啊，好麻煩！我們得查一堆資料後再把這些講義填完喔～？」

「難道不能單純享受旅遊的樂趣就好了嗎～」

黑瀨同學在低頭埋怨的谷北同學與山名同學的面前，乾脆地將講義整理後分發給組員。

「謝謝妳，海愛！」

坐在椅子上的月愛從她的手中接過講義後，以開朗的聲音道謝。

「……話說回來喔，露娜和黑瀨同學什麼時候關係變得這麼好了？」

看到兩人的互動，谷北同學覺得不可思議地開口問道。

「校慶那段時間，竹井老師過來幫忙布置場地時隨口說過：『手冊組那邊的狀況蠻麻煩的啊～』人家還以為妳們相處得不好，感到很擔心呢～」

聽到這句話，月愛和黑瀨同學的動作瞬間僵住。雖然她們都意識到彼此的存在，但沒有望向對方，只是各自露出苦澀的微笑。

「呃～沒有那種問題啦。而且導覽手冊也做得很完美！你說是吧，龍斗？」

「是、是啊……」

被月愛徵求意見的我點了點頭。「沒有那種問題」這種說法展現出月愛的老實性格。

「這樣啊……？那就好。」

雖然她這麼回答，但看起來連谷北同學也察覺到月愛和黑瀨同學之間那股古怪的氣氛。她帶著不太能接受的神情結束了這個話題。

應該知道月愛和黑瀨同學真正關係的山名同學從頭到尾都在旁觀。而我也因為剛才的話題，有點無法承受她的視線，之後一直不敢望向黑瀨同學。

◇

「……所以今天又怎麼啦？你應該知道吧？我這邊可是發生一堆事，簡直快死掉了。」

當天放學後，我一如往常地在補習班的休息室吃了點輕食。接著關家同學就怪裡怪氣地看著我，直接把話說了開來。

「咦……？」

「你有話想說吧？從剛才開始就一副心不在焉的樣子。東西吃完後垃圾也不丟，一直賴在這裡拖時間。」

「啊……」

被他注意到我有心事啊。

這件事我還沒在心中整理好，不知道是否該找他商量。

「……那個，其實是黑瀨同學——」

「又來了。又是『黑瀨同學』。」

關家同學露出傻眼的表情，靠回椅背上。

「黑瀨同學怎麼啦？」

「校外教學分組時，她和我在同一組。」

「然後呢？」

「我想問你該怎麼辦。」

「啥？」

關家同學重重地皺起眉頭。

是啊，我知道他會有這種反應。如果別人問我這種問題，我也只會回他一聲：「啥？」

「有什麼問題嗎？」

「沒有啦……這是我的心境問題。」

「心境。」

「畢竟黑瀨同學也是一位好女孩。」

「怎麼，你想換女友嗎？」

「不是啦！我完全沒有那種想法。」

「那是想在和女朋友上床前，先找黑瀨同學幫你脫處囉？」

「我、我怎麼敢！」

關家同學接連的露骨問題讓我情不自禁地想像起那個畫面，臉頰也開始發燙。

「……我把黑瀨同學當成女性看待……摸到她的手會心跳加速……這樣的我是不是對月

愛不忠誠……」

面對煩惱不已的我，關家同學從剛才開始已經放棄掩飾那張傻眼的表情了。

「你這傢伙……難不成是處男嗎？啊，你是處男嘛，抱歉。」

他的自說自話讓我氣得牙癢癢，然而我也沒辦法反駁，只能喪氣地垂著頭。

「有什麼辦法呢，男人就是這樣。你把碰到她的手當成一場幸運的意外吧。」

「可是我已經知道她喜歡我了耶？」

「不錯啊，那更好啦。不是可以省去交往之後的許多麻煩，直接品嚐到戀愛初期的心動滋味嗎？男人天生就想受到女孩子的喜歡嘛。」

「可、可是，我沒有要和月愛分手喔。如果繼續和黑瀨同學關係好下去，我會對她很不好意思……」

「那就不關我的事了啊。」

「可是……」

黑瀨同學還是月愛的妹妹……正當我想到這裡時——

「好啦～畢竟龍斗你這個人很正直嘛……」

關家同學雙手抱胸，隨後突然露出內心空虛的表情。

「……話說回來喔，你打算和現在的我談那種事嗎？」

「咦？」

「難道你是會找印度人商量『吃牛排好還是吃壽喜燒好？』的那種人嗎？」

「那是什麼意思……」

印度人……大多數為印度教信徒……也就是說，和不能吃牛肉的人討論牛肉的話題＝（等於）找斷絕與女朋友聯繫的關家同學做戀愛諮詢嗎？真的有夠拐彎抹角。不過，倒是很有關家同學的風格。

「給我聽好了！只要你是異性戀，所有的異性朋友都是『朋友以上，戀人未滿』的存在啦。」

這句謬論讓我想了想。

「……可、可是，就算是女孩子，有些人也比較不會那麼讓我意識到是異性，可以普通地對話啊。」

我想到的是山名同學和谷北同學。雖然我們沒有那麼熟，但我仍然能以普通的……旁人看起來可能很奇怪，但對我而言算是普通的態度與她們交談。

「因為那些女孩子絲毫沒有對你展現出戀愛方面的興趣啦，大概吧。你試著想像一下那些女孩子興致勃勃地對你示好的樣子。」

「呃……」

雖然我感到半信半疑，仍然照他所說的去做。就拿山名同學作試驗吧……即使在我這個旁人的眼中，她注視關家同學時的那副充滿愛意的表情還是很可愛。如果她對我露出那種表情，我會有什麼想法呢……？

「感覺還不錯吧？」

「……算、算是啦。」

由於是在關家同學面前想著山名同學，讓我感到相當尷尬。只能點個頭應了一聲。

「就是這麼一回事啦～男人根本不可能不對女性朋友心動。反正不是真的出軌，和喜歡自己的女孩子聊天有何不可？再加上那還是女朋友的妹妹，可以享受到悖德的刺激感……雖然這可能對你太困難了。不過你又沒做什麼壞事，普通地相處就好啦。」

普通地……

普通，到底是什麼呢？

「可、可是。至少應該先跟月愛說一聲比較好吧？」

「你是笨蛋嗎？你想對女朋友怎麼說？『我和妳的妹妹說話時會心動』？拜託多為對方著想吧。有些事還是不知道比較好。並不是凡事都和女朋友分享就是對另一半忠誠吧？」

關家同學的話聽起來無比正確，我毫無反駁的餘地。

「如果連那種話都要說，你以後會沒辦法和女朋友以外的女孩子相處喔。就算有女友，和可愛的女孩子說話也沒什麼不好吧？你只要自己在心裡開心，當成運氣好就行了。也要珍惜自己的世界，盡情享受人生吧。難道你希望這一生都沒有交到任何女性朋友嗎？」

「這……」

那種情況，似乎，不太好。

但是，為什麼我會這麼想呢？

「結束結束！好了，去自習室吧。什麼嘛，結果就只是被人炫耀了一番，可惡。」

關家同學自暴自棄地說著，站起身開始整理桌面。

我也和他一樣開始收拾垃圾，內心卻抱著一股難以釋懷的感覺。

「……先不說那些，你已經決定好志願學校了嗎？」

「咦？」

在前往自習室的路上，被這麼問到的我愣住了。

「我還只是高二生耶？」

「但還是有人已經做好決定了吧？開始準備升學考試卻一間志願學校也沒決定，這不會很奇怪嗎？會沒有成就感吧？」

「…………」

沒有錯……雖然我希望盡可能努力讀書，卻因為尚未定下目標，無法否認自己有種還在摸索方向的感覺。

「學業固然重要，但你最好分一點時間來挑選志願學校比較好喔，否則會讀不下去。」

「哦……」

這話聽得我有點心虛。關家同學說得沒錯，最近我開始感覺書沒讀多久就讀不下去了。月愛比我累積了更多各式各樣的經驗。她雖然和我同年紀，卻已經成熟許多。我就是希望儘快追上她的腳步，才決定去補習班準備升學考試。

雖然我迫切地希望早日長大成人。

但我感覺自己根本追不上她。

一來我到現在仍是處男，二來在升學準備方面，我也不知道目前的自己與目標還差了多少距離。這也是理所當然的，畢竟我還沒定下目標。

或許就是因為這種焦躁感。即使我每天都待在自習室，偶爾還是會產生自己空有氣勢卻白忙一場的錯覺，幹勁也隨之流失。

關家同學似乎看穿了我的內心糾葛，讓我有點尷尬。

「我會考慮看看……」

我暫且只能如此回答，便跟著關家同學穿過自習室的門。

第一・五章　黑瀨海愛的祕密日記

我最近偶爾會思考一件事：我的幸福在哪裡呢？

如果加島同學有那麼一瞬間成為我的人……之後的我又會變成什麼樣呢？

加島同學拋棄月愛，改成選擇我……我很清楚，那是不可能發生的未來。

就算月愛主動退出，加島同學的心也必定會一直留在月愛身上吧。

因為，月愛是女神（繆思）。

故事的女主角，永遠都會是月愛。

她既誠懇又開朗，無論與誰相處都能很快地打好關係。無時無刻不帶著積極正向的心態，不會悶悶不樂。朋友又很多……

從以前開始，我在內心深處就一直憧憬著月愛。

我想成為月愛。

我和月愛明明是雙胞胎，兩人卻天差地別。

在媽媽的肚子裡時，如果有什麼些微的不一樣，搞不好我就能成為月愛呢。

出現這個想法後，我開始扮演起想像中的「月愛」。不知不覺間被稱作是「假掰女」。

月愛一定不怎麼會模仿我的聲音。

因為月愛從來都沒有想過要變成我吧。

只有我。

永遠只有我強烈地在意著她。

即使不在她身邊時也一樣。

期盼獲得他人的好感時，我總是想到月愛。

我會思考如果是月愛會怎麼做。

然而，與月愛在高中重逢時，我犯下了錯誤。

出於對月愛的嫉妒，我做出月愛絕對不可能做的行為……玩弄詭計陷害他人。

雖然我的假面具也因此剝落，讓我現在能做真正的自己。

我一直在沒有出口的迷宮中徘徊。

看不見自己的快樂結局。

雖然看不見結局，但我也只能繼續在這條路上走下去。

因為正是我的所作所為，害自己誤入了這座迷宮。

但是，其實——

我仍然希望……有人能來救我……

加島同學，求求你來救我。

用你的光明引導我……

第二章

就在校外教學的小組活動開始的那天，阿伊終於來學校了。

「……咦……那個人該不會是……」

「伊地知同學……？」

班上同學們起了一陣小騷動。這也是沒辦法的事。

阿伊暴瘦了許多。

原本胖到把眼眶擠成小縫的臉頰消了下去，清楚地露出兩隻眼睛，讓眼角上吊的單眼皮瞇瞇眼形象消失了。以前肚子太大而鼓起的制服也變得十分合身，下襬的布料終於能垂下來貼合褲子。

也就是說，他變成了一位高壯結實的普通體型男高中生。

「阿伊……你怎麼了？」

由於他散發出某種讓人難以接近的感覺，所以直到第一堂綜合科目課進行小組活動，阿伊把桌子搬過來後，我才終於找到機會向他搭話。

「呵呵呵……」

阿伊渾身帶著一股詭異的氣場，露出自豪得意的笑容。

「你注意到啦？阿加。我終於成為『參加粉』啦。」

「咦！」

「真的假的啊，阿伊？」

不知何時出現在旁邊的阿仁也驚訝地喊著。

所謂的參加粉，是指在KEN粉之中可以和KEN一起在網路播送用的遊戲中遊玩的粉絲。阿伊和阿仁一直以獲得這個身分為目標在磨練遊戲技術，然而KEN的粉絲在全國有著龐大的數量，不是隨隨便便就能實現的夢想。

「阿伊，你不是被谷北同學拒絕告白之後就一直很失落嗎……？」

阿伊對一臉驚愕的阿仁露出得意的微笑。

「是那樣沒錯……然而我不是只有縮在角落頹廢不起。為了將悲憤化為力量，我埋首於遊戲之中……不知不覺間，我這幾天、這幾週裡都不吃不喝地不斷蓋著建築。」

「『幾週』未免太胡扯了吧。」

「會死人喔。」

「然後我在之前為了招募六百人脈塊活動參加者而舉辦的甄選中，用三十分鐘蓋出了世界遺產級的建築。ＫＥＮ當下就私訊給我……『錄用』兩個字。」

「你說什麼！」

「難、難道說，昨天在直播裡他介紹的新人建築粉之中……」

「沒錯。『嗨咖祐輔』正是我的暱稱。」

不知道的人可能完全聽不懂我們在說什麼。阿伊埋首建造的是在名為「脈塊」這個數位積木電玩遊戲裡的建築。

阿伊原本就是個徹頭徹尾的理科男，相當擅長數學。他的建築能力會比常人還優秀並不奇怪。難道是受到被谷北同學拒絕告白的打擊，讓他在極限狀態下全神貫注在遊戲中，因此讓隱藏的才能開花結果了嗎？

「怎麼會這樣……！」

被朋友搶先一步的阿仁震驚地抱住了頭。

我看著阿仁的這副模樣，突然注意到一件事。

「咦，阿仁。話說回來你怎麼會在我們班？現在不是綜合科目的上課時間嗎……」

「我們班也是在上綜合科目的課啊——！」

阿仁用那張快要哭出來的臉對提出疑問的我大發牢騷。

「救救我啊！校外教學要分組，可是我們班不是有三十三個人嗎？等到我發現的時候已經湊滿四隊七人小組，剩下的我不得不加入最後的四人小組。但是那組的四個人是男女各兩人，偏偏還都是情侶！在那種甜蜜雙重約會的氣氛裡只有我是單身！好想死啊～～！」

「哇啊……」

腦中浮現出那種超出想像的殘酷環境，我不由得露出搞笑漫畫日和角色的表情。

「我不會妨礙你們，所以讓我藏在桌子底下啦……拜託了……」

「好、好啦。」

幸好從現在到校外教學的那天，綜合科目的課堂時間變成允許前往圖書室，自由度很高。老師也經常不在教室裡。就算讓阿仁一個人混進我們組裡，或許還是可以蒙混過去。

順帶一提，女生們剛才去圖書室拿資料了。

「……話說回來，山名同學還是老樣子嗎？」

阿仁朝四周左顧右盼，突然對我問了這個問題。

他的意思應該是「山名同學還在跟關家同學保持距離嗎」。

「嗯，還是老樣子呢。」

「這樣啊，唔……」

雖然他裝出彷彿不在意的模樣，眼神卻快速地飄來飄去。看來阿仁還繼續著他的單戀。

真要說的話，我支持的是關家同學，所以沒辦法積極地幫阿仁加油。但身為他的朋友，我還是打算以溫暖的視線在一旁關注他。

「我們回來了～！」

就在這時，抱著資料的女生們在月愛的帶領下從圖書室回來了。

「啊，這不是仁志名蓮嘛。」

「你在這裡做什麼～？」

聽到山名同學和月愛向他搭話，阿仁狼狽地說著「有、有點事啦」。被山名同學喊出自己名字的事實似乎讓他失去了冷靜。

「話說喔，伊地知同學，你要待在我們這組嗎？」

又名嗨咖祐輔的阿伊（Ver.2.0）被月愛這麼問到，便立刻畏畏縮縮地點頭回答：「……是。」看來他的內在還是以前那個阿伊。

「…………」

不過當我有點在意地看了谷北同學一眼，卻目擊到一幕讓人無法忽視的景象。

谷北同學正直直盯著阿伊看。臉頰泛起紅暈，嘴角「啊啊」地不斷抖動。下一秒，她突然像感到害羞似的閉緊眼睛，拿起手上的書本擋在自己與阿伊的中間。

「……？」

怎、怎麼回事？她對自己徹底拒絕過的對象做出的這個反應，到底是什麼意思？

我的疑問就在阿伊離開位子的時候解開了。

「欸欸，妳們看到伊地知同學的樣子了嗎？」

阿伊被嗨咖女生們包圍，一副待不下去的樣子。於是主動攬下代表全組將用不到的資料還給圖書室的工作。阿仁也說要跟他一起，兩人便離開了教室。谷北同學隨即激動地對女生們說道。

「咦，什麼樣子？」

「是啊，他瘦了很多呢。嚇了我一大跳。」

月愛和山名同學如此回答。黑瀨同學則當作她不是向自己搭話，獨自在旁邊閱讀資料。

「不是那個意思啦。他那個樣子會不會太扯了？看起來超像伊俊耶。」

是誰呀……？我一頭霧水地望著月愛，與我對上視線的她則是用唇語告訴我「是ＶＴＳ的成員」。

原來如此，是谷北同學很迷的韓團偶像吧。

「真的很誇張耶。我的心臟一直猛跳。我記得伊地知同學的身高的確和伊俊一樣吧？那不就幾乎是伊俊本人了嗎！」

「呃……有、有那麼像嗎？」

「可是，小朱妳喜歡的不是傑旻嗎？」

被月愛和山名同學吐槽的谷北同學嘟起了嘴。

「傑旻是拿來腐的！人家可是伊俊的真愛粉呢。」

「這樣喔～」

「那麼，妳跟伊地知同學交往不就好啦～？」

當月愛這麼提議，谷北同學就露出傻愣的表情。

「妳、妳在說什麼啦！人家沒資格做那種事吧！人家在校慶時痛罵伊地知同學一頓，害他整整一個月都不願上學耶？」

啊，她還是有所自覺嘛……但即使有自覺，她仍然只做出那點程度的反應。果然是個內心堅強的女孩子。

「而且人家還大言不慚地說了『人家對伊地知同學還不太熟，你要人家光憑外表就喜歡上你？』之類的話，結果自己看的還不是臉！太難堪了！不只難堪還不要臉！就算是死也不能那麼做！」

谷北同學遮住自己的臉，雙腳甩個不停。

由於我很在意那個「伊俊」長什麼樣，於是在桌子抽屜裡用手機查了一下。那個人的長相確實與現在的阿伊是差不多的類型，然而他每張照片的髮色與髮型都不同，又有化妝。老實說我不是很懂。

反正粉絲都說「超像」，應該真的很像吧。

「所以絕對不行！絕對不可以對他本人說！」

「欸～太可惜了～！伊地知同學搞不好還喜歡著小朱，妳要是說出口，也許有機會交往喔。」

「話說他就是因為小朱拒絕他的告白，太震驚才會暴瘦吧？他一定還對妳有意思啦。」

雖然月愛和山名同學這麼說，但是谷北同學堅決地搖頭。

「不可能，就是不可能。人家已經說出了那種話，就絕對不可能主動告白。」

接著，她突然望向我。

「加島同學也千萬不可以對伊地知同學說喔。你要是洩漏出去，人家就殺了你。」

我明明什麼都沒做，卻被人用這麼恐怖的表情威脅，不禁在內心慘叫並渾身顫抖。

「我、我當然不會說……！」

反正阿伊已經因為當上參加粉而開心得恢復精神，這兩個人的事我想應該也只能暫時放著不管了。

然而，有一點我非得先確認不可。

「不過……那個，谷北同學？」

「嗯？」

難得由我主動向她搭話，谷北同學露出意外的表情。我對她這麼說：

「阿伊是處男耶？」

谷北同學的眉頭緊緊地皺了起來。

「……所以呢？」

「咦？」

她之前不是才對山名同學說過那種話嗎……谷北同學板著臉，對感到疑惑的我說道：

「加島同學。有個幾乎是唯一，也是最強的觸發開關能讓女性不顧原則地發情。讓人家來告訴你那是什麼吧。」

面對她散發出的不尋常魄力，我繃緊神經，大氣也不敢喘一下。谷北同學說了：

「就是『對方的長相壓倒性地符合自己的喜好』。」

「…………」

「在那種事實的面前，其他什麼條件都會變成次要的。」

「…………」

這也未免太老實了吧。

如此露骨直接的回答反而令人感到清爽痛快。

谷北同學擺出堂而皇之的態度站在那看著我，而目瞪口呆的我則再也說不出第二句話。

◇

下週的綜合科目課與上次也是同樣的感覺。阿仁照樣混進了我們班。

由於這堂課幾乎等於自習，於是成了什麼事都可以做的時間，要打瞌睡或蹺課都沒問題。從ＫＥＮ那邊獲得後續建築題目的阿伊連日來都睡眠不足，當我們把桌子併在一起後就立刻睡著了。因為準備補習班課業與學校考試而熬夜的我，也跟著他一起打起瞌睡。

當我忽然醒來時，上課鐘響已過了大約三十分鐘。月愛不在位子上，也不見黑瀨同學與谷北同學的人影。她們應該是一起去圖書室了吧。

還坐在教室裡的人，就只剩下山名同學、阿仁，與呼呼大睡的阿伊。阿仁坐在谷北同學的位子上，無所事事地與山名同學對看。似乎因為話題剛好斷掉，兩人之間正瀰漫著一股閒得發慌的沉默。

他們還沒有注意到我已經醒了。我隱約覺得別驚動他們比較好，於是重新趴回桌上，只用眼睛看著兩人。

「……話、話說啊——」

阿仁開口說道。

那個阿仁……在我們三人之中可能是青春期焦慮症最嚴重的阿仁，竟然主動向女孩子說話。我暗自在心裡為他感動。

「我們的姓氏裡都有『名』這個字耶。」

我的腦中瞬間浮現了大大的問號。不過仁志名和山名……這麼一說的確如此。以前完全沒有注意到。

「是啊～」

山名同學一隻手撐著臉頰，懶懶地回答。她並不是因為在阿仁面前而心情不好，上課時的她一直都是這副模樣。

「那又怎麼樣？」

被山名同學反問了一句，阿仁顯得有點慌張。

「也、也沒怎麼樣啦……只是覺得這是不是有什麼意義……」

「什麼意思？」

「哎呀，那個……感覺……」

阿仁結結巴巴地努力擠出句子。

「就、就像是命運一樣？」

他說出口了……

這下子山名同學應該也會察覺到阿仁的心意吧。

當我一邊這麼想著一邊嚥下口水時，仍然保持撐著臉頰姿勢的山名同學對阿仁說道：

「難道說，你想泡我？你還早十年啦。」

換作是我，這個回答會打得我一蹶不振吧。然而阿仁並沒有因此放棄。

「或許是吧。」

他望著山名同學，不肯罷休地繼續說下去。

「但如果什麼都不做，就不可能有成果嘛。」

我的腦中浮現穿著POLO衫的男子雙人組唱唱跳跳地表演「理所當然體操～」（註：影射日本搞笑雙人團體COWCOW表演的「理所當然體操」）的畫面。山名同學似乎對那句話有所共鳴，臉上泛出些許的紅暈。

「……我已經有男朋友了。」

「我知道。」

山名同學毫不客氣地說著，阿仁也以不開心的口氣回答。

「但妳在他考完試之前不能跟他聯絡吧？」

山名同學放下了手，擺出認真嚴肅的表情看著阿仁。

「……意思是你想當學長的替代品？」

阿仁緊張地點了點頭。

「我、我會努力。」

只見山名同學半瞇起眼睛，一臉不相信地看了看他。

「我可以斷言，你絕對做不到呢。」

「不一定吧！」

阿仁氣憤地拉高聲量，想要反駁山名同學。但是他朝教室門口的方向瞄了一眼，立刻鑽回桌子底下。

是月愛、黑瀨同學和谷北同學回來了。阿仁一定以為來的是老師，才會反射性地躲起來吧。

「我們回來了！」

「欸～露娜～這幾個傢伙一直在睡耶。要不要打醒他們？他們今天什麼都沒做嘛。」

山名同學對月愛告了狀。「這幾個傢伙」指的應該是我和阿伊吧。

於是我立刻閉起微張的眼睛裝睡，不能讓山名同學發現我偷聽到阿仁和她剛才的對話。

「沒關係啦，他一定是累了。」

從聲音聽起來，月愛她笑著坐回了位子。

「龍斗最近似乎忙著念書。應該沒什麼睡吧？人家會連龍斗的份一起處理。」

月愛那充滿體貼的聲音，讓我不由得心頭一熱。

「那麼伊地知同學的份就給人家來做！」

谷北同學也欣喜地說著。

「話說他連睡臉也很像伊俊耶！好想拍喔！老師還沒來吧？可以拿手機出來嗎？」

「阿哈哈，那是偷拍喔，小朱～」

「應該說妳怎麼會看過偶像的睡臉？」

「他們的成員常常會上傳在後台拍的影片嘛～」

谷北同學對月愛和山名同學如此回答。

真是青春啊——我這麼想著。

每個人心中都有個中意的對象。

哪怕那股感情是條單行道。

我一邊這麼想著，偷偷張開了眼睛，接著被眼前與自己對上視線的人嚇到，趕緊把眼睛閉回去。

黑瀨同學那靜靜地注視著我，臉上泛出微笑的模樣烙印在我的眼底，久久沒有消失。

◇

某天在我從補習班回家的路上。由於那天我花了很多時間準備考試，天色已經徹底暗了下來。正當我朝著車站走去時，從後方被搭話了。

「加島同學。」

我的心臟撲通地跳了一下，因為在回頭前就知道是誰叫住我。

「黑瀨同學……妳下課啦？」

走到旁邊的黑瀨同學對我露出微笑。

「不，我剛剛在自習室準備考試。不知不覺就這麼晚了。」

「哦，我也是。下週有段考嘛。」

「就是說啊。而且我還有『奇諾。』的新影片想看，這樣下去，想看的東西會越積越多呢。」

「說到這個，我之前看了黑瀨同學推薦的頻道。」

「咦，真的呀？」

就這樣，遊戲實況影片成為我們的共通話題，在一起回家的路上熱烈地展開討論。

「話說回來，因為之前加島同學有提到，我就把久違的ＫＥＮ人狼影片點出來看喔。」

「哦，好看嗎？」

「很有趣！雖然比ＫＥＮ更會玩人狼的人並不算少，但是像ＫＥＮ那樣能做出有趣影片的人很少見呢。」

「這樣啊！」

聽到黑瀨同學這位人狼重度玩家這麼說，我就感覺像自己被稱讚似的開心起來。

「那麼，有興趣的話妳也可以看看他的脈塊影片喔。」

「喔，是伊地知同學參加的那個吧？我之前有聽到你們在聊。」

「對對。從新人出場的集數開始應該會比較容易看。」

「說得也是。那就告訴我標題吧。」

「唔……先等一下，我找找看喔。哇啊，已經在這麼前面了。ＫＥＮ的影片上傳太多啦。」

我們聊著聊著，一下子就到了Ｋ站。

「黑瀨同學，妳今天騎腳踏車嗎？」

我在車站前的迴轉道旁詢問黑瀨同學。她的眼神稍微游移了一下，隨即搖著頭說：

「不，走路。」

「這樣啊……」

我之所以有所猶豫，是因為想起了之前送她回家時發生的事。我撞見碰巧等在黑瀨家門前的月愛，害她產生了不信任感。

然而現在已經將近晚上十點了。雖然她只是朋友，但放一個女孩子獨自回家，感覺有違紳士風度。

我考慮了一下，得出的結論是……

「……反正我家也可以從這條路回去，就陪妳走到從大馬路彎進去那條巷子裡的便利商店吧。」

這樣一來，就可以用「回家時和碰巧遇到的同學一起走了一段路」這種光明正大的理由，護送她到半路。

「……嗯，謝謝你。」

黑瀨同學看起來有點落寞，隨即紅著臉回答。

「……之前那次真是對不起。後來月愛有生氣吧？」

當我們踏上歸途之後，黑瀨同學問了我這個問題。

她指的應該是撞見月愛的事吧。

「嗯……不，她沒有生氣喔。」

「是嗎？」

黑瀨同學露出意外的表情。

「月愛雖然很少對朋友生氣，不過她在我面前生氣的時候很可怕喔。所以我才想她會不會也把那一面展現給加島同學看。」

「咦？沒、沒有……是這樣啊。」

月愛生氣的樣子……雖然我見過幾次她撒嬌鬧彆扭，或是嫉妒吃醋那些感情表現比平時更強烈的模樣，但仍然無法想像她露骨地發洩憤怒的樣子。

「男朋友和妹妹果然還是有所不同呢。」

黑瀨同學微微瞇起眼睛，彷彿回想起遙遠的過去。

「因為我們彼此是最親密的朋友，也是最大的競爭對手……至少我是這麼認為的。」

「……白河同學在什麼情況下會生氣呢？」

聽到我這麼問，黑瀨同學將眼神投向遠處。

「月愛至今最生氣的一次，應該是『小奇』事件吧。」

她一邊說著，一邊露出淺淺的微笑。

「『小奇』是一隻貓咪布偶。那是小時候我和阿姨出去玩，我在大賣場看了一下那隻布偶，阿姨便買給我了。」

我們並肩走在大馬路旁的寬敞步道上。黑瀨同學盯著照在腳邊的路燈亮光，將事件娓娓道來。

「但是我對布偶沒什麼興趣。所以回到家把布偶隨便放著後，聽到月愛說：『可以把這個布偶給人家嗎？』我就點頭答應了。於是月愛替布偶取了個『小奇』的名字。幫它綁蝴蝶結，或是用手帕做衣服給它穿，相當疼愛那隻布偶。」

我想像著月愛在孩提時代的模樣，心中不禁昇起一股憐愛之情，胸口也為之一緊。

「我看到小奇被打扮成那樣，就覺得它好可愛，越來越後悔送給月愛。所以有次月愛準備帶小奇出門的時候，我說『還是把小奇還給我吧』，她卻非常生氣地大喊『不要！』，還打了我。雖然當時只有六歲左右，我卻記得很清楚，因為那個時候的月愛看起來很可怕。」

黑瀨同學稍微咬著嘴唇，低下了頭。

「現在回想起來，確實是我不對。但當時我哭得很厲害，覺得她沒有必要氣成那樣。」

黑瀨同學露出淺淺的苦笑，抬起了頭。她的視線停在掛於夜空低處的那輪新月上。

「……我很憧憬月愛喔。所以很想得到月愛所喜愛的東西。就算那不是小奇可能也沒關係。」

接著，她對默默傾聽的我露出笑容。

「我們真的一點也不像吧？」

「唔、嗯……」

「並不是只憑可愛的外表就能受到歡迎。月愛之所以人見人愛，是因為她擁有那樣的性格。那就是月愛的才能。」

提到月愛的話題時，黑瀨同學就變得很多話。我們在聊遊戲實況時，彼此所說的話在對話中占的比例差不多。不過在聊到月愛時，她則是擁有壓倒性的資訊量。所以都是她單方面在說話。

而且我想，她一定很渴望把這些話說出來吧。

沒錯。

因為黑瀨同學很喜歡月愛，這點即使到現在也沒有改變。

她喜歡月愛到想對他人傾訴這些心聲的程度。

「我好羨慕月愛……我沒有吸引別人的才能。」

那張望著月亮低聲輕語的側臉透露出她的感受，令人於心不忍。

我認為她是一位美麗的女孩。從過去一直是如此。

我曾經對這張臉愛得死去活來。四年前，我懷抱一絲希望表明自己的心意，那股希望最後卻脆弱地雲消霧散。

「……沒有那種事喔。從國一開始，黑瀨同學就是很受歡迎的人物。」

我回想起當時的事，一邊感受苦澀的滋味一邊如此說道。

如果沒有那次失戀，就不會有現在的我。

正因為我事先做好覺悟，認定自己多半會遭到拒絕。才會帶著儘快結束掉那種沒有希望的單戀的想法，向月愛做出告白。

現在，是過去的延伸。

雖然我是「零經驗」，但並不代表我從未戀愛過。

如果喜歡上他人的那股感情在送入墳墓之前都稱得上是「戀愛」。那麼我確確實實地經歷過一場戀愛。

我的初戀給了妳。

在妳的眼中，那或許是不值一哂的東西。

即使如此，我仍然不會對喜歡上妳的事感到後悔。

「……國一的時候啊。」

黑瀨同學像反芻我所說的話般，輕聲細語著。

「那個時候的我，全身上下都是虛假的。」

黑瀨同學自嘲般的笑了，轉頭望向我。

「那只是『扮演像月愛那種女孩子的我』。所以，加島同學喜歡上的人依然是月愛。」

「……不對。」

我搖了搖頭。

「黑瀨同學就是黑瀨同學。」

黑瀨同學從那個時候開始就與月愛截然不同。

我喜歡的是黑瀨同學表現出的自己。

「所以……我覺得只要大家知道真正的黑瀨同學是什麼樣的女孩子，往後一定會有許多人愛上黑瀨同學。」

然而黑瀨同學仍然沉著一張臉。

「許多人啊……」

泛出落寞微笑的黑瀨同學低聲細語，望向遠方的明月。

「……我果然還是贏不了那個月亮呢。」

在那個時候，我突然會意過來。

明白了她的真正想法。

——所以是我單方面喜歡你。

明白了運動會那天，黑瀨同學在屋頂上所說的話裡隱含的真正意義。

從那天開始，我一直有個疑問。

黑瀨同學明明知道我毫無與月愛分手的想法，為什麼還要「單方面喜歡」我呢？

阿伊在校慶向谷北同學告白的時候，谷北同學這麼說過。

——告白可不是遊戲。中獎率十分之一的轉蛋轉十次會中一次，但是對同一個對象在同一個時機告白十次，也不可能出現對方點頭一次的情況。行不通的時候就絕對行不通，更何況現實世界又不能刷首抽。

——不把愛情直接強加在喜歡的對象身上，不也是一種愛嗎？

當時的我想到了黑瀨同學。

我以為黑瀨同學對我用情原來如此深刻，還因此受到很大的衝擊。

實情並非如此。

黑瀨同學只是不抽這個明知不可能抽到目標獎品的轉蛋罷了。

然後，她在等待可能會因為陰錯陽差而偶然發生的程式錯誤。

等待讓我不是選擇月愛，而是黑瀨同學的程式錯誤。

她一定很痛苦。

之前的我一直顧慮與月愛的關係，為自己與黑瀨同學的相處方式感到煩惱。

但是如果我從一開始就正視黑瀨同學的感情，或許能更早察覺自己該走的道路。

這點讓我感到很抱歉。

——也要珍惜自己的世界，盡情享受人生吧。難道你希望這一生都沒有交到任何女性朋友嗎？

雖然被關家同學說了那種話。

然而我認為凡事都該有先後順序。

況且在與月愛交往之前，我根本一位女性朋友都沒有，甚至很少和女生說話。全部都是從月愛開始的。

自從和月愛交往之後，我才踏進了全新的世界。

如果沒有月愛，我也不會與再次相遇的黑瀨同學做朋友。還可能不曾與山名同學和谷北同學聊過任何一句話就與她們分班。

這一切都是因為月愛在我的身邊。

對我而言，最重要的人就是月愛。

所以，與其失去月愛，我寧可不要有其他與我感情好的女孩子。

我和關家同學不同。打從一開始，女性朋友這種概念就不存在於我的世界裡。

所以，我認為這才是我該做的選擇。

「……抱歉，黑瀨同學。」

沉默了一會後，我說出了這句話。黑瀨同學詫異地看著我。

「我們以後最好還是別再私下聊天了。」

黑瀨同學張大眼睛，表情瞬間凍結。

「黑瀨同學是個很棒的女孩子，我們的興趣也很合得來……和妳聊天時真的很愉快。所以……一直以來真的很對不起。」

我沒有看黑瀨同學的臉，只是結結巴巴地說著。

「過一段時間……等到我可以重新和妳成為朋友的那天……我想再和黑瀨同學說話。」

我知道這些話聽起來很自私。她或許會因此不願再與自顧自地說出這種話的男生做朋友。而且我想那個可能性非常高。

即使如此，我也只能選擇這條道路。

「雖然我們來往的時間很短，但還是謝謝妳願意成為我為數不多的朋友。」

當我重新望向她，黑瀨同學的表情卻意外地溫和。

「……我才該說謝謝。」

黑瀨同學看起來像早已料到有這麼一天似的，臉上掛著平靜的微笑。

不知不覺間，我們已經走到岔路旁的便利商店。

「我走了……」

明明是自己先提起的，但我想不到還有什麼延續話題的辦法，所以準備離開。

「加島同學。」

這時，黑瀨同學喊住了我。

「最後可以問你一個問題嗎？」

「……嗯、嗯？」

我回過了頭，黑瀨同學帶著淺淺地微笑說道：

「國一時，為什麼你會喜歡我呢？」

「呃……」

沒想到她會問我這種問題，我愣在原地不知道該怎麼回答。

喜歡上黑瀨同學時的記憶逐漸被喚醒。從旁邊座位傳來的聲響、呼吸聲、說話聲……她的舉手投足都讓我心動不已的那個時刻。

雖然是一位美少女，卻對我很溫柔。讓我心想她可能喜歡自己。

這教人怎麼不喜歡她呢。

「……因為妳很可愛。」

我絞盡腦汁也想不出好聽的答案，只能如此回答。

「這樣啊。」

黑瀨同學微皺著眉頭，露出了微笑。

「……我也可以問個問題嗎？」

我也對她拋出了某個一直很在意的問題。

「為什麼妳會喜歡上以前曾經拒絕過的我呢……」

黑瀨同學說過，那是因為當她散布月愛負面八卦的時候，我願意傾聽黑瀨同學的心聲，好言好語地訓誡她。所以她才會喜歡上我。

但是，真的只有這個原因嗎？僅憑這點，就能讓她對自己曾拒絕過的對象如此思念嗎？

我希望知道藏在她內心深處那毫無矯飾的真實想法。

「…………」

黑瀨同學默默地注視著我，突然像放下了警戒般笑了。

「以前……對於加島同學剛遇到的那個我而言，獲得他人的喜愛是無比重要的事。那是認為自己沒有被爸爸選上的我，內心的最大依靠。」

以前好像曾經聽她那麼說過。

「受到男生的喜歡，不就是成為他人戀愛感情的對象嗎？我希望受到很多男生喜歡，越多人越好，不管是誰都無所謂。當別人向我告白時，我獲得了安心感。之所以拒絕加島同學，是因為我本來就沒有打算與人交往。有沒有喜歡上別人並不重要，況且若是和某個人交往，就不會再受到其他人的歡迎了。」

我默默地聽著她的話。

「至於為什麼事到如今又喜歡上加島同學……是因為我討厭那樣的自己。而且我覺得已經沒辦法再博取他人的好感。我好羨慕即使交了男朋友，還是能受到大家喜歡的月愛。也很不甘心加島同學比起我，更相信月愛。你以前明明是我的……當時若是我伸出同意的手……如果我那麼做，加島同學的那份溫柔……如今雖然幾乎都屬於月愛……但仍然偶爾會對我展現的溫柔……就全部都會是我的了。」

黑瀨同學咬著嘴唇，低頭輕聲說道。

「……一想到這裡，我的腦中就滿是加島同學的事。」

我仍然沒有說話。黑瀨同學抬起頭望向我。

「這樣很蠢吧。我自己也知道。」

黑瀨同學硬擠出笑容，轉身背對我。

「那我走了，掰掰。」

「啊，嗯……」

我看著她離去的背影，在心中想著。

啊，原來如此。

也許我被當成了「小奇」。

——往後如果有其他女孩子接近你，那個女生在意的也不是你本人，而是露娜。

我想起山名同學前幾天所說的話。

因為黑瀨同學憧憬著月愛。

——明明男方並非自己的菜，卻因為『既然是那個人選擇的男性，一定是很棒的人吧』的心態，讓男方的帥氣度看起來提昇五成，世上也是存在這種案例呢。

也有可能是谷北同學所說的那種心態在作祟。

我感到某種既鬆了口氣，又有點失望的複雜情緒。

黑瀨同學逐漸離我遠去，不再回頭。

黑瀨同學眼中所見的不是我，而是月愛。

既然如此，她不就得在與月愛重新建立關係之後才能獲得真正的幸福嗎？

「……我可能想太多了。」

無論我這個處男發揮多少想像力，恐怕都不可能明白實情是如何。

現在只能祈禱月愛的計畫順利進行下去，讓兩人早日重修舊好。

畢竟我已經幫不上什麼忙了。

當我想著這些事的時候，黑瀨同學的身影逐漸縮小。

黑瀨同學所走的，是通往她家的最後一段路。我記得那是一條幾百公尺長的小巷子，在抵達公寓之前還會經過一座冷清的神社。整條小路都瀰漫著令人不安的氣氛。

黑瀨同學這時差不多走過神社，距離自家公寓沒有多遠了。

就在我看到她即將到家，自己也準備回家的時候。

突然有個人影出現在身影小如豆子般的黑瀨同學後方，朝她的方向過去。

我不安地看著那裡……過了一會，便聽到一陣叫聲。

那是從遠處發出的尖叫聲，音量非常小。連我所在的這條大馬路上的行人都沒有注意到那個聲音。

我很在意剛才所目擊到的那個人影，於是立刻拔腿狂奔。此時已經看不見黑瀨同學。那陣尖叫會不會是我的錯覺，她其實已經抵達公寓了呢……

但願如此。

正當我懷抱著希望，即將從神社入口前穿過的瞬間。

「……！」

一個黑色人影從我的眼前竄出。

「哇啊！」

我吃驚地往後退。那個疑似男性的人物與我擦身而過，朝後方直奔而去。

「…………」

那不是黑瀨同學。

我隨即環顧四周，搜索她的身影……

「黑瀨同學！」

只見黑瀨同學倒在神社裡的地上。

「妳沒事吧……！」

我喊著她的名字衝上前去，黑瀨同學則是搖搖晃晃地站起身。

「加島同……學……？」

「發生什麼事了，黑瀨同學……」

「……有個陌生男子突然襲擊我……」

黑瀨同學渾身顫抖，臉色發青地回答。

剛才竄到我面前的人影，一定就是那名男子。

「我一大叫，他就推倒我……」

我無法將她丟在這裡就此離去，於是將肩膀借給她，將她扶起身。

由於可疑男子早就跑得不見蹤影，因此我帶著黑瀨同學到附近的派出所。

「哦，色狼？那裡的神社的確會出現那種人呢。」

「妳很難受吧。請到旁邊的房間裡談一下事情發生的經過。」

兩位警察先生走出來，將發著抖的黑瀨同學請到後面的房間裡。

「你是她的朋友？」

年長的警察先生如此問道，讓我愣了一下。

朋友……不算吧。我們已經不是朋友了。

「不……只是同學。剛好路過而已。」

可能是從我的態度察覺到什麼，警察先生的態度突然變得很冷淡。

「喔，這樣啊。那麼之後的事就交給我們吧。你如果不快點回家，父母也會擔心吧。」

「啊，好的……」

派出所的拉門關上後，我只能乖乖地離開，邁出步伐。

派出所前的大馬路燈火通明，車輛川流不息。下班回家的大人們踩著匆忙的步伐，穿過走得慢吞吞的我。

之所以走得這麼慢，是因為我一直懊惱若是之前的我，絕對會將黑瀨同學送回家，不讓她遇到這種意外。

然而，我卻選擇讓她自己回家。

想到這裡，我的胸中便產生沉重的後悔，搞得我悶悶不樂的。

我到底該怎麼做才好啊……

將兩手插進褲子口袋裡，我暫時茫然地走了一段路，然後在看到自家公寓的時候突然停下腳步。

我拿出手機，打了通電話給月愛。

鈴聲響了五次之後，通話就接通了。

「喂，龍斗？真是稀奇，龍斗你怎麼突然打電話給人家！太棒了～！」

聽到月愛的開朗聲音，我突然放鬆了心情，露出笑容。

「喂，月愛……」

「嗯？」

「妳可以跟媽媽聯絡一下嗎？」

我的問題似乎讓月愛愣住了。

「咦，媽媽？是說人家的媽媽嗎？」

「唔……」

猶豫了一下後，我開口說道：

「黑瀨同學剛才遇到色狼，現在人在派出所。希望能請她的監護人去接她。」

她本人或警察遲早都會聯絡她的母親，或許沒有必要由我提出這種要求。

只不過——

黑瀨同學明明沒有做什麼壞事，卻突然受到陌生人造成的身心傷害……現在的她想必正孤獨地在警察的面前受懼害怕。而連朋友都算不上的我只能幫她這個忙了。

即使不當朋友，我們仍然是同班同學。身為人，我不想否定想為她做點什麼的心情。

況且，我有話非得對月愛說不可。

想要消除心中那股悶悶不樂的感覺，似乎只有這個辦法了。

「咦，海愛嗎？唔、嗯，知道了……人家會聯絡看看……」

月愛不知所措地如此說著。

「話說龍斗，你剛才和海愛在一起啊？」

「是沒錯……等一下可以稍微見個面嗎？我會到妳家附近。」

她沒有回答。

「……月愛？」

我以為她沒有聽到，於是再問了一次。她這才有反應。

「啊、嗯……好的。」

不知道為什麼，那個聲音聽起來很陰鬱消沉。

◇

我們約在距離月愛家五十公尺左右的某間便利商店見面。

我看到月愛從她的家門前走了過來。

月愛在居家服外穿了件外套，臉上看起來心事重重。

「怎麼了嗎？在這種時間見面……應該是有什麼非得今天說才行的話吧？」

來到我面前的月愛一開口就是這句話。

「……嗯，其實呢……」

正當我準備說話的時候。

月愛的雙眼溢出了淚水。

「妳、妳怎麼了？」

「不行。」

月愛彷彿想推開慌張的我似的用手推我，同時以指尖拭去淚水。

「真的不行了……而且是海愛對吧？人家受不了……」

「受不了什麼？我要說的是……」

「不要！」

月愛像是鬧脾氣的小孩子般搖著頭。

「人家不會聽的……反正人家什麼都還沒聽到，就當成你沒有把人家叫過來吧……」

「妳在說什麼……」

「你出軌了對吧？跟海愛……既然是龍斗，就不是出軌。應該叫作『移情別戀』吧。」

「不是那樣……」

「完全沒有關係！」

月愛打斷我的話，邊哭邊聲嘶力竭地說著：

「如果是龍斗出軌，人家可以接受……！人家會暫時先不跟你聯絡，所以冷靜下來重新考慮。拜託不要提分手……要回到人家的身邊喔……」

「不是那樣的，月愛。」

「再見了……」

她那轉身離去的身影，在我的眼中彷彿就像電影中的慢動作。

我想叫住她，卻發不出聲音。

月愛已經開始往回走了。

「等一……」

想要喊出的話，卻仍梗在喉嚨中。

我一直很憧憬ＫＥＮ在玩射擊遊戲時，那種俐落迅速的開槍技術。

因為我的個性優柔寡斷，連在遊戲裡也是如此。

應該先瞄準哪個敵人？隊友會怎麼行動？被攻擊時很可怕……那些雜念揮之不去，導致注意力下降。等到回過神時，已經喪失瞄準開槍的時機。

在現實世界也是如此。

無論是在月愛摔壞手機的學校走廊上，還是在那個下雨的日子。我都沒有朝她的背影追過去。

因為這個原因，我經歷了很長一段後悔的時間。

在我的心中，明明早就有了答案。

我心中的箭頭，隨時隨地都是向著月愛。

然而如果我追了過去，追上去攔住她，卻又被她推開……一想到那種遭到拒絕而受傷的可能性，我就感到無比的恐懼。

然而，我真的應該繼續維持這副德性下去嗎？

這是我們兩個人的感情。

但無論是約會地點，或是兩人的未來。我總是交給月愛決定，只讓月愛表達意見。

我這樣子真的好嗎？

月愛會感到不安，不就是理所當然的結果？

所以，我要拿出勇氣。

拿出表達自己意見的勇氣。

「等一下，月愛！」

我放聲大喊，正好步出便利商店的上班族邊走邊好奇地看著我。

月愛的腳步稍微停頓了一下，我利用這個機會追上去抓住她的手。

「我就說事情不是那樣啦。」

我對著背對自己的月愛開口說道：

「月愛每次都是這樣，不等我解釋就逃走……讓我們把話講開吧，這麼說的人不就是妳嗎……」

月愛揮開我的手，整個身體轉了過來。

「不要……人家好怕……人家好害怕……」

月愛帶著被淚水沾濕的臉，抬起頭望向我。

「人家已經不想再看到心愛的人離去……雖然人家想成為龍斗的家人，但如果在那之前分手，等於人家又一次失去和家人同樣重要的人。」

路上的行人紛紛從旁邊走過去，假裝沒有看到站在便利商店旁電線杆底下的我們。

「所以人家心裡覺得最好別讓自己更加喜歡龍斗，想在感情上踩煞車，才會想逃跑……

可是，龍斗每次確實都沒有背叛人家，願意等待人家這種只為自己著想的傢伙……為什麼？為什麼要選擇人家呢？人家根本不是那麼好的女孩子啊。」

「月愛……」

「人家很不安。以人家這種心態……龍斗或許遲早會投向其他女孩子的懷抱。」

月愛以眼神制止想說些什麼的我，低下了頭。

「海愛是很有內涵的女孩，和只會附和別人的人家不一樣……如果人家是男生，也一定會比較想和海愛交往。」

「……原來妳是這麼想的？」

剛才的慌亂情緒，已經在月愛吐露心聲時逐漸冷靜下來了。

一股憐愛之情從心中油然而生。

她明明是這麼優秀的女孩子，卻懷抱這樣的自卑，憧憬著擁有自己不具備的特質的人。

那種充滿人味的表現讓我感受到親近感。

「那麼，我把話先說在前頭吧。」

這句話讓月愛抬起頭望著我。

「我想交往的對象……以及往後仍想繼續交往下去的對象……只有月愛妳一個。」

月愛的臉上瞬間泛出喜色。

雖然這些話讓我很不好意思，但現在不是害羞的場合了。

就算我的內心裝滿成千上萬的愛情，但如果不以言語或態度表現出來，那就和沒有愛是一樣的。

至少對月愛是如此。

我之所以沒有把與黑瀨同學之間發生的所有事說給月愛聽，並不是動著可能與黑瀨同學有交往機會的歪腦筋，而是顧慮到月愛與黑瀨同學的關係。因為一旦全部說出來，造成兩人的關係變得更尷尬，那有違我的本意。

但若是我那種夾雜善意的優柔寡斷態度會造成月愛的不安。

那麼她無法對我這樣的男人心動也是理所當然的事。

無論說不說，都無法改變我和黑瀨同學之間已經發生過的事。

坦承一切之後，她們兩人會有什麼反應呢？

相信月愛吧……相信她，把心中的牽掛完全釋放出來吧。

當我這麼想著的時候，腦中浮現出關家同學的話。

——有些事還是不知道比較好。並不是凡事都和女朋友分享就是對另一半忠誠吧。

他說的或許沒有錯。

不過，月愛不是這麼說了嗎？

——我們的個性完全不同對吧？所以才會像之前那樣出現摩擦……為了防止以後再發生那樣的狀況，人家覺得把各自的心裡話說出來比較好喔。

我的交往對象是月愛，不是關家同學。

既然如此，我應該相信月愛才對。在找別人商量之前，一開始就該這麼做。

經過一陣漫長的沉默，我做了一次深呼吸，開口說道：

「我既不熟悉女人心，在與人的相處上又笨拙……很抱歉只能用這種方式表現誠意。」

我告訴一臉疑惑的月愛。

「剛才我和黑瀨同學切斷朋友關係了。所以，我沒辦法再協助月愛的『朋友計畫』。」

「咦……」

月愛倒抽了一口氣。

「怎麼回事？可是你說海愛遇到色狼……你不是和她在一起嗎？」

「不是。我從補習班回家時在K站遇到她……那是我們在岔路分開後發生的事。我還想自己若是陪著她，她可能就不會被色狼襲擊了。」

「…………」

「我現在要說的話，可能會讓月愛有很複雜的感覺……但是我想對妳說出我對黑瀨同學真正的想法。」

月愛露出嚴肅的表情，輕輕點頭。

「夏天的時候，我被拍到和黑瀨同學抱在一起……的前一天，黑瀨同學把我叫到體育館倉庫，對我告白。」

月愛屏氣凝神地望著我。

「我們兩人單獨在倉庫裡抱在一起……然後我把她壓在地上。」

月愛張大了眼睛。

「當然，我沒有再做出更進一步的舉動了……對不起，我一直把這件事瞞著妳。」

其實事情的經過是黑瀨同學模仿月愛的聲音將我約過去，還裝成月愛的樣子想誘惑我。但不管我說什麼，只會變成在幫自己找藉口。

「因為發生過這件事……我很難不把黑瀨同學當成女孩子看待……所以才會覺得最好別再和她做朋友了。」

月愛沉默了一會。

「……為什麼沒有做到最後呢？你們不是單獨待在體育館的倉庫裡嗎？」

月愛開口說著。她望向我，露出看不出情緒起伏的表情。

我感到有點害怕，但也只能如實回答。

「……我的第一次想和月愛做。」

這種說法會不會讓她覺得我太處男了？

但是沒辦法，我就是這樣的人嘛。如果想用其他的理由裝帥，之後一定會穿幫。

「啊，這個意思不是說如果不是第一次就可以出軌喔。那個……我只是還沒辦法……具體地想像未來的情況而已。」

聽到我的說明後，月愛暫時默默地看著我。

「……你喜歡海愛吧？」

「……那是國一時的事了。」

即使我如此回答，月愛的表情仍然籠罩著烏雲。

「雖然人家從來沒有暗戀過別人……但是喜歡上某人，並將這股心意傳達給當事者，需要很強烈的感情呢。」

月愛低著頭，一字一句慢慢地說著。

「讓龍斗產生那種強烈情感的對象是海愛……每次人家想到這件事，就會有某種無可奈何的感覺。雖然平時人家會盡力忽視這樣的想法。」

她喃喃地說著，看起來內心很難受。連帶讓我也感到一顆心沉到了谷底。

「人家一直都很害怕。所以……當你剛才在電話裡說『有話想說』的時候，人家就覺得可能是你移情別戀，喜歡上海愛了。」

「月愛……」

「龍斗因為顧慮人家而斷絕那段關係，人家一方面覺得很開心……但是另一方面又很討厭往後每當回想起龍斗曾經喜歡過海愛，可能會感到不安的自己……」

月愛的眼中再次泛出淚水。

「既然如此，我該怎麼做才好？」

我感到無所適從，只能開口問她。

「無論我現在多麼地喜歡月愛，都無法改變曾經喜歡黑瀨同學並對她告白的過去。如果妳無論如何都會在意，那麼……」

想到接下來即將講出的話，我的喉嚨、眼睛，以及鼻子的深處湧出又酸又熱的感覺。

不會吧？

我怎麼會在這種人來人往的大馬路上……而且還是在女朋友的面前做出這種事。

但不管我怎麼想，都已經停不下來了。

「我們……就沒辦法繼續交往下去了……」

我感到右眼的眼角滴出滾燙的水珠。

我哭了。雖然很難堪，但事實就是如此。

雖然這讓我感到手足無措，但仍然止不住內心的痛楚。

我真的很不想說出這種話。

因為，我絕對不希望分手。

我由衷地盼望能永遠與她在一起。

但是——

「不管怎麼做，都不可能改變過去啊……」

如果世界上有時光機，讓我能回到國一的時候。

我會嚴肅地告誡自己，對他說：「未來會出現一位非常傑出的女孩子，而且不可思議地她將成為我的女朋友，所以絕對不可以對其他女孩子告白。」

但是，我不可能做到那種事。

世界上不存在時光機。

月愛為什麼只對我說這種話呢？

其實我也是……聽到那種話之後，我也想告訴她……我不希望月愛與其他人交往。除了我以外，誰也不能和她交往。

但是，我有種千萬不可以說出那句話的感覺。

因為我的腦袋非常充分地理解——

如果沒有過去的經驗，月愛現在就不會在我的面前。

「……抱歉，龍斗。不要哭嘛。」

一個輕柔的觸感擦過我的眼睛底下，讓我赫然回過了神。月愛正在用她自己的居家服袖子擦拭我的眼角。

而替我拭淚的她也正在流著淚。

「人家錯了。」

月愛紅著眼睛，直直地望向我。

「人家明明最清楚『事情過去就是過去了』這句話。」

她一邊說，一邊撲進我的懷中抱住我。

「既然龍斗接受了人家，那麼人家也要接受龍斗的過去。包含你曾經喜歡海愛的過去，全部。」

一股像花香又像果香的香氣鑽入鼻腔，我緊緊摟著那舒適的溫暖。

「人家想和龍斗成為真心喜歡彼此的情侶。所以得正視彼此的過去才行呢。」

在耳邊的輕聲細語令我胸口一熱。

「月愛……」

「對不起喔，龍斗。人家不逃避了。無論往後和龍斗發生什麼事，絕對不會再逃了。」

月愛這麼說著，離開我的胸前並望向我。

「……仔細想想，讓人家不安的不是過去，而是龍斗現在的想法。人家擔心的是龍斗是不是到現在還對海愛留有感情。畢竟海愛是個很可愛的女孩子。」

「……我也覺得黑瀨同學是個好女孩喔。」

自己哭成這樣讓我感覺有點丟臉，雖然現在才這麼說有點晚了。我只能偷偷吸著鼻子，裝成什麼事也沒發生過的模樣。

「所以，我才和她切斷朋友關係。」

當我想起遭到色狼襲擊，渾身發抖的黑瀨同學，內心就備受罪惡感的煎熬。但是——

「我喜歡的是月愛，但黑瀨同學對我也有意思……如果繼續和她做朋友，我沒辦法保證往後絕對不會發生害月愛感到不安的情況。」

所以我只能這麼做。但願警察能早點逮到襲擊黑瀨同學的犯人。

「……龍斗，你這個人太正直了。」

月愛突然輕聲說道。

「大部分的男人在這種時候都會說謊喔。像是『我只會看著妳』，或是『我不把妳以外的女人放在眼裡』之類的。」

或許是想起了過去，月愛雙手背在背後，百無聊賴地踢著地面。

「可是，說出那種話的人最後都會出軌呢。」

她帶著陰鬱的表情搖了搖頭。

「人家對那種情況已經很厭煩了。所以龍斗這麼正直，人家很開心喔。」

低頭輕聲細語的她露出淺淺的微笑。

「對不起，我只知道這種作法。如果我能多振作一點……就能繼續協助月愛的『朋友計畫』了。」

月愛對我的話搖了搖頭。

「應該說對不起的是人家才對。人家從頭到尾都做錯了。」

帶著苦澀的表情，月愛垂下了視線。

「人家明明想和海愛成為的是『姊妹』，而不是『朋友』。卻用『朋友計畫』的說法把龍斗牽扯進來。也破壞了龍斗和海愛的關係……」

我從側面看著垂頭述說內心話的她，那張臉被便利商店透出的燈光照得一片白皙。大概是素顏的她在這種狀況下仍然十分美麗。

「人家很害怕，所以不敢正面出擊。因為海愛討厭人家。」

她哀傷地低語，接著抬起眼睛望向我。

「對不起，因為人家缺乏勇氣，造成了龍斗的困擾。對龍斗而言，海愛是初戀情人吧。沒有辦法因為和人家交往，就不把海愛當成女孩子看待……」

面對一句話也回不了的我，月愛繼續說下去。

「即使如此，龍斗仍然表示喜歡人家。但以結果來說，整件事變成人家做了像在試探龍斗一樣的事……」

月愛反省似的安靜下來。

我們之間飄過一陣沉默。

我稍作思考後，開口說道：

「我認為黑瀨同學並沒有討厭月愛喔。」

「咦……？」

「黑瀨同學親口說過，她之所以會轉到我們這間學校，理由是『為了讓月愛開心』。但當她看到月愛的反應，感覺自己受到背叛……所以才會做出那種舉動。」

月愛直直地盯著我，露出吃驚的表情。

「而且她還很寶貝地隨身帶著月亮耳環。那是月愛給她的吧？」

「咦……」

「我看到了。是和月愛的那個星星月亮耳環一樣的東西。如果給她耳環的是自己討厭的姊姊，那她早就應該丟掉，不可能隨身帶著吧？」

月愛倒抽一口氣，無法置信地摀住了嘴。

「是這樣啊……」

月愛將手放在胸口上，閉起眼睛。修長的睫毛不停顫動。

「海愛……」

那聲輕喚名字的聲音中，彷彿充滿未曾有過的溫暖愛情。

稍微過了一會，月愛睜開眼睛。眼瞳中寄宿著前所未見的強烈意志。

「我應該非常清楚海愛喜歡鬧彆扭又愛逞強才對。但是因為與海愛分隔太久……不知不覺間連心靈的距離也變得遙遠了。」

月愛彷彿在悼念失去的時間似的注視著柏油地，沉重地喃喃自語。

「偶爾交談時，她對我說出『討厭妳』這種話，或是擺出冷淡的態度……不知不覺間，我開始懷疑那是她的『真心想法』。變得沒辦法用以前的方式和海愛相處。」

說完這些話之後，月愛抬起了頭。

「但如果海愛是為了人家轉學過來的，而且到現在還帶著人家給她的耳環……這就代表海愛真正的想法和以前一樣沒有變吧？既然如此，人家要試著盡量努力，讓我們的關係能往前邁進。」

她的眼中散發出強烈的決心。

「這不是為了和海愛做朋友，而是讓我們變回『姊妹』。」

月愛將堅定的眼神投向默默看著她那份決心的我。

「謝謝你，龍斗。」

帶著月光般皎潔光輝的那張笑臉，看起來有如女神般耀眼奪目。

「多虧了龍斗，人家感覺可以找回許久以前失去的重要事物了。」

第二・五章 露娜與妮可的長時電話

「事情就是這樣，『朋友計畫』已經中止了。」

「哦～話說這未免太可怕了吧。如果露娜就那麼跑掉，你們就會差點分手耶？」

「嗯……雖然人家不想分手，但也有可能像之前那樣保持距離……」

「……『保持距離』啊……」

「啊，抱歉。」

「沒關係啦～我已經習慣了。反正原本就沒有常常見面。只是我擅自單戀著學長而已。

至少比以前好多了。」

「沒問題啦，三月很快就到了。」

「……有點可怕耶。等到三月的時候，學長真的會重新和我交往嗎？」

「為什麼這麼問？」

「無論一個男人有多忙。如果他真心喜歡對方，不是會用盡方法找時間見面嗎？」

「是這樣嗎～？」

「嗯，就是這樣。根據我到現在聽過的講法，讓男朋友不願分出時間給自己的女孩子都是『備胎女』。」

「……確實，那些前男友也是，剛交往時每天都會問：『可以去露娜家嗎？』可是那些人後來都越來越忙，越來越少見面了……」

「……所以我才會懷疑學長是不是有其他女人了……」

「不、不會吧！關家同學真的是在忙著念書。他一天有十三個小時都在念書喔！沒有時間和其他女人見面啦。」

「可惡……我是不是也該去上補習班。」

「真假？」

「當然是假的啦……啊～真的好鬱卒。真的好討厭沒辦法老老實實等待學長的自己。」

「妮可……」

「……學長變了呢。雖然都已經過了三年，人會變是正常的事。當然，他還是有地方沒變……不過，在我弄清楚他哪些地方沒變，哪些地方變了前，我們的關係就變成這樣了。」

「這樣啊……」

「我所認識的學長，是全心全力專注在桌球上的老實人。對待女孩子很笨拙，完全不是會腳踏兩條船的人。如果是當時的學長，即使我們保持距離，我應該還是會相信他、支持他……就像那個時候一樣。」

「就是妳當社團經理的時候？」

「對……當時可以為學長加油，讓我很開心。因為學長真的很努力。」

「學長現在不也是在努力地念書嗎？」

「但就算如此，我也看不到……況且如果不能徹底相信一個人，不就沒辦法由衷地支持那個人嗎？雖然我想相信他，但是我還不了解現在的學長。」

「……畢竟這麼多年沒見，一定會感到不安吧。因為生活環境的不同，對方也有可能在妳不知道的時候完全變了個人。」

「是啊。但露娜不必擔心這種事吧？」

「咦？」

「妳是在開始交往之後才認識加島龍斗的為人。而且現在還正在加深彼此的認識，讓雙方更加喜歡對方的路上吧？」

「哦，妳是說龍斗啊。」

「咦？」

「不是啦。人家現在想到的是海愛。」

「妳的妹妹？」

「以前人家常常拉著海愛跑來跑去，海愛嘴上雖然抱怨，但還是會不情願地跟著人家。這就是我們過去的相處模式。」

「唔～現在不也是這樣嗎？」

「但是現在和以前不同，人家不知道海愛心裡真正在想什麼，沒辦法隨隨便便就拉著她走。以前的海愛很喜歡人家，不管和人家一起做什麼感覺都很開心。像人家說『想學』而開始的芭蕾舞，在人家不學之後，海愛仍然一直學著，人家有自信帶給了她正面影響。」

「話說芭蕾舞！我第一次聽說這件事耶。」

「那是五歲的時候啦～！而且人家三個月就不學了。」

「難怪妳沒學會。」

「不過海愛上了小學後仍然在學習芭蕾舞喔。雖然我們的父母離婚時，她搬了家，沒辦法再去原本的教室上課，所以好像就不學了。」

「真是可惜。」

「就是說呀。不過人家覺得她應該是不想自己找新的教室，獨自去上課。畢竟海愛很怕生。她曾經說過：『如果不是和月愛一起，我可能就沒辦法學習新東西。』」

「……露娜就像妳妹妹的『翅膀』呢。」

「咦……？」

「啊，還是該說『衝鋒隊長』？糟糕，以前當不良少女的習慣跑出來了。」

「哈哈哈……不過『翅膀』啊。聽起來好帥喔。真不愧是大詩人妮可。」

「還好啦～」

「……人家帶著海愛一起飛翔……只要到達的目的地能讓海愛開心，也就滿足了。就算自己完全沒有興趣，人家也會邀她去嘗試那些『海愛似乎會喜歡』的事物。」

「不愧是雙胞胎，妳們真是心意相通呢。」

「只不過在分開這麼久之後，人家就完全沒辦法理解她了。和人家住在一起的時候，海愛從來沒看過什麼遊戲實況。也不會玩角色扮演。」

「她會玩角色扮演喔？」

「啊，這件事要保密喔！人家不小心說出口了。」

「我不會說出去啦。」

「謝謝妳幫人家保守那麼多祕密，妮可。」

「別客氣啦～我會注意別不小心說給小朱聽就是了。」

「哈哈哈，畢竟小朱雖然沒有惡意，但很容易在無意間說漏嘴嘛。」

「她要我們別叫她是伊地知祐輔的迷妹，昨天卻喊著：『伊地知同學用過的板擦讚到不行啦！』整整五分鐘都在用板擦機清那塊板擦。完全就是一副噁宅的樣子嘛。」

「哈哈哈，大家都嫌她太吵了。」

「不過我很尊敬她對喜愛事物的行動力喔。」

「是啊……人家覺得自己也該加油了。」

「……妳妹妹的事嗎？」

「嗯。人家想再一次開拓海愛的世界。」

月愛坐在床上，望著書架上方飾品架上掛著的星星與月亮造型耳環。

「雖然有點害怕，但人家還是想試試看。」

第三章

期末考從隔天開始，而第一天的考卷則在考試最後一天回家前的班會上發回。

由於我還有補習班的課業要忙，花在準備學校考試的時間比以前少，因此對成績有點擔心。不過大略來說結果仍一如往常。

我們班在發回考卷時，導師會公布各科日拿到最高分數的人。由於我沒有成績特別優秀的擅長科目，不可能被叫到名字。再加上每次的第一名差不多都是老面孔。所以不會感到興奮期待。

事情就發生在發回家庭科的考卷時。拿到這種莫名其妙科目第一名的人每次都不一樣。

「黑瀨同學，九十四分。恭喜妳拿到第一名。」

老師如此宣布。走到教室前的黑瀨同學開開心心地拿回了考卷。

我們斷絕朋友關係後的隔天，黑瀨同學很普通地來到學校。在那之後看起來也沒有什麼異常。雖然我認為她不可能不會因為遇到色狼襲擊而受到衝擊，但既然她能在考試中取得好成績，說明她的心理狀態沒有改變，讓我鬆了口氣。

「欸～好厲害喔～」

「我只有三十分耶～」

在班上同學議論紛紛時，那個瞬間突然到來——

「真不愧是海愛！人家引以為傲的妹妹！」

一道響亮的聲音傳遍了整間教室。

「咦……」

看得出聽到這句話的班上同學都沒有把話當真。大家只是疑惑地想著：「她們的關係有這麼好嗎？」

見到同學們的反應，月愛露出吃驚的表情。

「咦？大家都不知道嗎？人家該不會沒說過吧？人家和海愛是雙胞胎姊妹喔。」

「咦，妳是說真的？騙人的吧？」

谷北同學如此問道。月愛對她搖了搖頭。

「真的！我們只是因為父母離婚，姓氏才會不同。對不對呀，海愛？」

黑瀨同學露出既驚訝又感動的表情……她漲紅了臉，默默點頭。看得出她因為突然受到眾人的注目，顯得不知所措。

「是這樣啊？」

「咦，不會吧！」

「真的假的！」

教室裡四處隨即傳出各種驚呼，整個班級稍微陷入混亂狀態。

黑瀨同學本人則是紅著臉站在這股騷動的中央，露出彷彿置身夢境般的恍惚神情。她的眼睛看起來有點濕潤。

即使考卷全部發完，老師宣布放學後，教室內仍瀰漫著興奮的氣氛。

月愛坐在黑瀨同學旁邊的位子，四周圍繞著嗨咖女生。進不去那個圈子的人——包含我在內——則是在外圍默默觀看如今成為話題人物的那對雙胞胎。

「人家一直覺得妳們兩人之間的氣氛有點奇怪。如果是家人就可以理解了。」

坐在黑瀨同學前面座位的谷北同學環抱手臂點頭說著。

「露娜對黑瀨同學特別親近，黑瀨同學看起來則是不知道怎麼應對。上個學期不是發生過那種事嗎？本來覺得妳們的關係應該不會多好吧？但是露娜卻在當校慶執行委員和校外教學分組時想與黑瀨同學在一起。黑瀨同學雖然似乎很不情願，也還是接受了。讓人家對妳們的關係滿頭問號呢。」

周圍的幾個女生也都點頭表示贊同。那些女生常常在教室和月愛聊天。

「我們之前完全不知道露娜在想什麼，也不知道黑瀨同學到底是好孩子還是壞孩子，所以不太敢和她深入交流。其實我們一直很想找妳聊天喔。」

黑瀨同學仍然害羞地縮著身子。谷北同學則是大方地向她搭話。

「人家一直想問喔，那隻原子筆是扭曲仙地的吧？去年跟壓克力立牌一起賣的那個。」

谷北同學指著黑瀨同學桌上的銀色原子筆。那是她一直在用的筆，上面印有某種標誌。這麼一說，的確很像動漫周邊商品，只是我從來沒有特別注意過。

「……妳知道扭曲仙地？」

黑瀨同學怯生生地問著。

我好像聽過扭曲仙地這名字……印象中那是女生之間很有人氣的手機遊戲。

「知道知道～！應該說人家以前就是迪●尼宅！雖然因為和仙地民關係變惡劣，圈子裡的氣氛又很糟糕，讓也喜歡扭曲仙地的人家無法忍受而棄坑～」

「這、這樣啊……」

黑瀨同學被谷北同學的氣勢徹底震懾住了。

「話說，黑瀨同學妳是不是有點宅啊？」

「咦？唔、嗯……」

「真假？那……人家可以叫妳瑪莉美樂（註：在名字後面加上「美樂」，是辣妹之間的暱稱方式）嗎？」

「瑪、瑪莉美樂……？」

「人家以前就決定和黑瀨同學打好關係之後用這個稱呼～！」

月愛笑嘻嘻地看著對谷北同學畏畏縮縮的黑瀨同學。

「話說黑瀨同學以前讀的是女校吧？說說那邊的事嘛～！」

「妳的頭髮好漂亮，是用什麼洗髮精啊？」

谷北同學搭話之後，四周的女生們紛紛開始向黑瀨同學攀談。黑瀨同學雖然一時之間不知所措，仍開心地回答問題。

「海愛的頭髮真的很漂亮呢～！人家染過頭髮後髮質受損得很嚴重，好羨慕妳喔～」

月愛炒熱了氣氛，黑瀨同學則是害羞地扭來扭去。

看著被許多同班同學圍繞的黑瀨同學，我想起剛轉來這間學校的她。

不過，現在與當時不同。如今的她並不是模仿月愛刻意討人喜歡，而是有點怕生、有點愛逞強、興趣有點宅的真正的黑瀨同學。

而且，月愛也陪在她的身邊。

於是，月愛的「朋友計畫」在變成「姊妹計畫」之後順利結束。

我的角色已經結束。黑瀨同學或許已經不會再對連朋友都不是的我展現出笑容了。這也沒有關係。

看著在同學的圍繞之中，紅著臉露出客氣微笑的她，我感到深深的感動。她已經獲得內心一直渴望得到的寶貴事物。

我感同身受地為她感到高興。

「辛苦啦～龍斗！」

我們約定好今天要一起回家，所以我先在鞋櫃前等她。月愛在過了一會之後過來了。

「妳也辛苦啦，月愛。黑瀨同學呢？」

「還在教室！她好像要和小朱她們一起回家。」

「這樣啊。」

我們換了鞋子，並肩走向樓梯。

「妳的作法還真直接呢。」

「就是說呀。人家一看到有機會就行動了，之後是走一步算一步。其實人家緊張得心臟撲通撲通跳呢。」

月愛哈哈地笑著。

「如果海愛露出厭惡的表情，人家打算用『當然是開玩笑啦，意思是她像妹妹一樣可愛嘛！』的話敷衍過去。」

不過，已經沒有那樣說的必要了。

黑瀨同學其實一直在等待這個時刻。等待月愛在眾人面前承認自己和她是「姊妹」的那一天。

這件事其實很容易。

雖然容易，但是，黑瀨同學一定無法主動製造出契機。畢竟她曾經對月愛做過那樣的行為。

被受到詆毀的月愛則是認定自己已經被黑瀨同學討厭，無法做出強硬的行動。

而突破這種膠著狀態的人……

「這都多虧了月愛拿出勇氣呢。」

「嗯，不過……」

月愛一邊說著，一邊抬頭望向身旁的我。

「給予人家這份勇氣的人，是龍斗喔。」

那對閃耀著的眼睛直直射穿了我的心臟。

「龍斗代替人家觀察了海愛心中的想法……就是因為龍斗對海愛溫柔，海愛才會對龍斗敞開內心……我們的關係也因此能像這樣恢復原狀。」

月愛望著我，靜靜地露出微笑。

「這都是多虧了龍斗的幫忙喔。」

在那溫暖的話音圍繞下，我突然——

感覺到一股幸福得幾乎要落淚的情緒。

我和黑瀨同學的重逢，對彼此而言絕非毫無意義。

我很慶幸曾經喜歡過妳。

希望有一天妳也會有同樣的感受。

但願到了那一天，妳會成為世界上最幸福的人。

◇

從隔天開始到一週後的結業式之間，學校進入了放假期間。

我在自習室準備補習班的冬季輔導課業，並偶爾和月愛見面，或是與她通電話。度過這個提早放的寒假。

某天晚上，當我在自己的房間與月愛視訊通話時，月愛突然提出某件事。

「龍斗，人家有事情想和你商量。」

「什麼事？」

「關於聖誕節的聚餐，可以稍微修改一下計畫嗎？」

「可以啊，要改什麼？」

聖誕夜那天，我原本預定在月愛家和她的家人開派對，享用月愛親手製作的料理。

「那個喔……」

月愛扭扭捏捏地說著。

待在自己房間床舖上的月愛今天也穿著蓬鬆的居家服，看起來相當可愛。

「人家喔，有個一直無法放棄的夢想。」

她的聲音雖然很小，話中卻充滿堅定的語氣。

「那就是和海愛、姊姊……她已經獨立生活，應該很困難，還有爸爸媽媽。和大家重新住在一起。」

「這樣啊……」

但是她的父母已經離婚了……當我這麼想的時候，月愛繼續說了下去。

「人家知道以現在的情況是不可能的。所以人家……希望爸爸和媽媽重新變成夫妻。」

「咦……？」

「應該不是不可能喔。人家覺得爸爸到現在還是喜歡媽媽，媽媽現在也是單身……而且她可是和初次交往的對象結婚，還為對方生了三個小孩耶？她應該不可能討厭對方吧。」

「也就是說妳打算讓他們重新在一起？但是要怎麼做？」

仍然感到吃驚的我如此追問，月愛則是充滿精神地回答：

「這個計畫就取名為『天生一對』作戰！」

「天生……？」

「你沒聽過《天生一對》這個故事？小學低年級的時候，奶奶說：『這本書的主角和妳們一樣，是一對雙胞胎的故事喔。』然後送給我們那本故事書當禮物。」

我好像在小學的圖書館看過那本書的標題。但因為沒有讀過，所以就靜靜地聽她說明。

「故事是蘿特和露意瑟這兩個女孩子相遇，對彼此長得一模一樣感到吃驚。她們各自和爸爸媽媽住在一起。但兩人後來發現她們其實是雙胞胎，雙親離婚時各自帶走一人養育。於是，兩人就通力合作撮合雙親，幫助爸爸媽媽再婚，大家又恢復成了一家人。」

「原來如此……」

「那是一個很幸福的故事。拿到書的時候，人家根本不會想到自己的父母會離婚……現在回想起來，就好羨慕那個故事。」

陶醉地述說故事的月愛此時露出有點難過的表情。

「人家和海愛聊了這件事，她說：『既然妳不放棄，那就試試看吧。』於是兩個人想出這個計畫。我們父母的結婚紀念日就是聖誕夜。所以人家打算在聖誕夜開一場派對，和海愛彼此找來爸爸和媽媽，讓他們不期而遇。大家久違地一起吃飯，爸爸和媽媽搞不好會想起以前的事，產生重新做回一家人的念頭。」

畫面對面的月愛一口氣把話說完，隨即露出不安的表情詢問我：

「……感覺怎麼樣？會不會太草率？有可能順利成功嗎？」

「唔……如果能成功是再好也不過了。那麼，我在場會妨礙妳們吧？」

我認為至少自己別參加那場聚餐比較好。不過月愛用力地搖了搖頭。

「不，人家希望龍斗來參加！爸爸最近工作有點忙，而且奶奶打算與草裙舞教室的朋友去旅行，今年可能就不參加聖誕節聚餐了。」

「是這樣啊。」

「所以人家準備用『想介紹男朋友』的理由，要爸爸一定得參加。至於媽媽那邊，海愛計劃向她建議『外出吃飯緩解工作的辛勞』。」

「這樣啊……」

就算如此，如果她們的目的在於讓父母重聚，那就更不好意思打擾她們一家了。但既然月愛都那麼說了，我打算到現場後再找機會告辭。

「好嗎？龍斗，你可以來嗎？啊，當然人家也會親手準備料理，結束之後來我們家吧！雖然到時候肚子可能已經很飽了。」

我對如此說著的月愛露出微笑。

「好啊，如果不嫌棄的話。我也很想和伯父見個面呢。」

我之前已經在運動會上和月愛的母親打過招呼，但還沒有正式地與身為監護人的月愛爸爸見面。既然都已經把她介紹給自己的父母認識，現在的我隱約有種非幫她不可的義務感。就像約完會後，身為男朋友必須護送她回家那樣。

「太好了！那得趕快跟爸爸說呢！」

月愛的臉上露出生氣蓬勃的表情。

「一週後就是聖誕夜，得快點準備！預約餐廳……對了，寫封信給爸爸和媽媽吧～！」

我看著興奮地制定計畫的月愛，不禁露出微笑，同時也期盼她的計畫成功。

希望一週之後的聖誕夜，對我或月愛都能成為一個難忘的紀念日。

然後，我的這個願望，在某種意義上實現了。

只不過，是以此時的我完全無法想像的形式——

◇

聖誕夜當天，天空從早上就陰沉沉的。在這個北風吹拂的冬日天氣裡，當太陽開始西斜，皮膚接觸到外頭的空氣時就會感到又冷又乾燥。我的身上套著隆冬時節用的大衣，前往與月愛約好的見面地點。

月愛預約的是A站附近的咖啡餐廳。據她所說，她本來想選擇以前和家人去過，充滿回憶的餐廳，無奈那裡距離目前所住的地方太遠。而且根據網路上的資料，該店的店名也與當時不同。於是在附近挑選了與那間餐廳氣氛相似的店家。

「龍斗！」

在A站的站前廣場上揮著手的月愛今天顯得比平時更加可愛。

紅色羽絨大衣與白色針織連衣裙的搭配，營造出連我這種不懂穿搭時尚的人都看得出的聖誕節感，令人心動不已。大衣與連衣裙的下襬都是迷你裙的長度。上衣與長靴之間露出的絕對領域大腿雖然看起來不保暖，卻十分性感。

「好冷喔～！」

月愛一見面就這麼說著，雙臂緊緊抱住我的手腕。飄蕩在寒冷空氣中的那股宛如盛開花香又像馥郁果香的香氣，讓我對和她度過的第一個冬天有了實際的感受，精神也為之一振。

「啊～好興奮喔～」

她的臉紅紅的，我想應該不只因為天氣冷。是因為和我在一起……若是如此我會很高興，但實際上應該另有其因。

那就是我們即將進行「天生一對作戰」。她的緊張與興奮就是來自於此吧。

「……啊，海愛傳訊息來了。她說媽媽已經到店裡了。」

半路上，月愛拿出手機向我報告。

「大家動作都好快喔。」

「聽說媽媽今天休假。她最近上班天數很多，所以聖誕夜得到了休假。」

「也就是說，她和黑瀨同學一起過來囉？」

「對對。她們兩人中午時烤了聖誕節蛋糕，而且還是巧克力蛋糕。人家很想嚐嚐看，所以拜託海愛帶一片過來！」

看著天真地笑著的月愛，我的胸口不知不覺熱了起來。這也許是因為我意外地窺見了月愛頻繁地與黑瀨同學聯絡的模樣，以及黑瀨同學與母親感情融洽的日常生活吧。

「要是姊姊也來就好了～不過今天是聖誕夜，沒辦法嘛。」

月愛的姊姊今天似乎已經先和男朋友有約。

「不過反正龍斗有來嘛。好～！今天就一邊享受派對，一邊執行作戰吧～！」

月愛喊出聲音鼓舞有點緊張的自己，那副模樣實在很可愛。

餐廳的預約時間是下午五點，我們抵達店門口的時候只剩五分鐘了。

走進店裡，旁邊的包廂就是今天的派對會場。

月愛和黑瀨同學經過商量後挑選的店家，是一間牆壁貼有仿磚塊壁紙，擺著酒吧式小巧桌椅的雅緻潮店咖啡廳。不禁讓我想像過去的白河家經常光顧的也是如此舒適的店家。

「媽媽～！」

走進包廂後，可以看到裡頭坐著黑瀨同學與她的母親。伯母看到月愛時，驚訝地張大了眼睛。

「月愛？還有龍斗同學……你們怎麼在這裡？」

「沒什麼啦～人家只是想和媽媽一起慶祝聖誕節。」

「咦～？這是怎麼回事，海愛？」

月愛沒有回應吃驚的母親，逕自坐下來，將我招到她的身邊。

包廂的桌子是六人用的。我和月愛坐一起，黑瀨同學與她的母親坐一起，彼此兩兩相對。月愛打算引導父親坐到自己身邊……或是母親身邊吧。

「偶爾聚一聚也沒什麼關係吧？我們不是一家人嗎？」

黑瀨同學彷彿事不關己地說著。她應該是用兩人一起吃飯的藉口把人約出來的，所以她的母親一開始對這個包廂的格局大概也有所疑問。只見伯母雖然有點不知所措，還是露出明白了什麼的神情。

「原來是這種驚喜啊……妳們有找爸爸來嗎？」

聽到母親這麼一問，月愛和黑瀨同學就面面相覷。

「如果要說有沒有找嘛，呃……」

月愛變得結結巴巴的。

「該說他會來還是……」

這時，伯母張大了眼睛。

「不會吧？那個人也要來這裡？」

「呃，媽媽，對不起我沒有先跟妳講。」

黑瀨同學立刻對母親說道：

「我們只是想像以前那樣辦場聖誕節派對。要是先說爸爸會來，媽媽就不肯來了吧？」

看到女兒努力地解釋，伯母皺起了眉頭。

「……是沒錯啦……畢竟不是那麼想遇到的人。」

「…………」

月愛與黑瀨同學的表情變得很失落。

「不過既然是妳們要大家聚一聚，那就另當別論了。媽媽已經是大人了，妳們的爸爸也是呢。」

月愛與黑瀨同學聞言張大了眼睛。

「那麼……」

「可以呀。久違地好好享受聖誕晚餐吧～」

見到母親的微笑，月愛與黑瀨同學互看了一眼。

「太……太好啦！」

「話說妳們兩人是怎麼了？之前不是一直吵架嗎？海愛說想要轉到月愛的學校，我還以為妳們和好了。結果妳們沒有對學校的人透漏姊妹的事吧？運動會的時候嚇了我一跳呢。」

「那是，呃……」

「也不算是吵架啦……」

月愛與黑瀨同學尷尬地含糊其詞。

「那不重要啦～！反正現在的我們關係很好！好了，趕快來點飲料吧～！」

月愛充滿精神地說著，將桌上的飲料菜單拿給對面的兩人。

月愛與黑瀨同學和好的經過相當複雜。若要詳述來龍去脈，必須提到黑瀨同學對月愛的嫉妒，以及她散布月愛負面謠言的事。她應該是認為那些話不適合在這個場合說出來吧。

「欸～要選哪種好呢，還是今天乾脆來喝一杯吧～！」

伯母愉快地翻閱酒精飲料的頁面，月愛和黑瀨同學偷偷相視而笑。

根據事前從月愛那邊聽來的「天生一對作戰」內容，她們姊妹倆打算趁著父母喝了點酒，藉著些微酒意讓場面氣氛變得融洽的時候，月愛和黑瀨同學再讀出寫滿對父母思念的信，幫助兩人重歸舊好。

雖然我有點擔心事情未必這麼容易，不過以現在的情況，感覺進展得相當順利。

至於她們的父親。根據月愛的說法，伯父似乎還對伯母有所留戀。雖然不一定能直接讓兩人重歸舊好，但今天的這場聚餐本身一定會成功吧。

在我帶著這樣的預感，以及對與月愛父親見面的緊張而感到興奮期待的時候——

「各位等的人到了。」

包廂的門被敲了敲，外頭傳來店員的聲音。

房間裡所有人都轉頭往打開的門望去。

伯父似乎剛下班，身上還穿著西裝。他一手拿著大衣，顯露出幹練成熟的模樣。

雖然伯母也是位美女，不過伯父不愧是月愛與海愛的父親，也是一位相當英俊的男子。

我之前有在遠處看過他幾次，這回從近距離觀察，可以看出那對橡子般的下垂眼與黑瀨同學是一模一樣的。而剃到耳上的輕油頭髮型，也因為纖瘦的體型，不會給人太過強硬的感覺。再加上與那毫無中年大叔味的身材服貼的西裝，一眼就能看出他是一位講究衣著的人。

「明惠……？」

往包廂內點頭致意的伯父看到伯母時，整個人愣住了。他口中說出的應該就是伯母的名字吧。

另一方面，伯母也露出困惑的表情。

「那位是……？」

我暗自「咦？」了一聲，望向門口。看到伯父的身後除了店員外還有另一個人的身影。

「啊、這是……」

伯父招了招手，那個人走進了房裡。從我這個位置也能清楚看到來者的面貌。

那是一位嬌小的女性。年紀很輕……不過可能也應該有三十多歲了。從穿著看起來是一位ＯＬ。輪廓稍圓的鮑伯頭給人偏可愛的感覺，不過那位女性的容貌可說是優於平均值吧。

「月愛說要介紹男朋友給我認識……所以我想也是個介紹她的好機會……我打算明年四月開始和她同居，本來還想著得在過年時向家人公布才行……」

面對話說得結結巴巴，彷彿在找藉口似的父親，月愛的臉色變得非常難看。

「……這是怎麼回事？『同居』又是什麼意思……？」

相對於慌亂失措的月愛，伯母則是顯得很冷靜。

「你要再婚嗎？」

被這麼問到的伯父交互看了看前妻與身後的女性，畏畏縮縮地點頭。

「是啊……」

後面的女性看著伯父，露出「這跟說好的不一樣耶？」的表情。伯父就像承受不了這股壓力般，倒退了一步。

「這到底是……？今天是怎麼了……」

地獄般的沉默流過了這間雅緻餐廳的包廂。

打破沉默的是月愛。

「……太過分了……太過分了……！」

肩膀不斷顫抖的她說完這句話，立刻趴在桌上哇的一聲哭了出來。

「月愛……」

我只能伸出手，輕撫著她的背來安慰她。

雖然我沒有多餘的精神觀察周圍狀況，但是從氣氛可以察覺到，在場的所有人臉上都掛著相當尷尬的表情。

◇

結果聚餐就這樣辦不成了，我們也只能就地解散。

月愛的母親雖然打算想結帳，不過店員說：「各位還沒有點餐。而且今天是聖誕夜，應該很快會有其他客人用到這間包廂。」月愛的母親微笑著對黑瀨同學表示，很抱歉造成店家的困擾，下次一定來品嚐這間店。

相較於月愛，黑瀨同學與伯母的反應相當理性。她們各自表示「畢竟過了六年呢」、「而且我也再婚了一次」，便帶著想通的表情離開了。兩人似乎打算到K站附近某間她們中意的烤肉店繼續吃晚餐。雖然我們也有受邀，但月愛說「人家要回家」，因此我就推辭了。

在那之後，伯父的結婚對象看到月愛嚎啕大哭的樣子，精神受挫跑出了店門口，伯父也追了上去。

而月愛現在則是趴在被白河家當成餐桌的暖桌上。雖然她已經不哭了，但就像耗盡精力般處於恍惚狀態，連與我對話的力氣都沒有。

這也是沒辦法的事。

這一個禮拜以來，月愛真的是渾身都充滿了活力。雖然她忙著準備「天生一對作戰」，卻一點也沒有辛苦的樣子，眼中無時無刻不散發著光輝。

——人家一直想回去。回到爸爸、媽媽、姊姊……還有海愛，我們五個人曾經一起住的那個家。

和當時的哀傷空虛眼神比起來，這段時間的她簡直判若兩人。

也許自己將能回到一直期望回去的那個家。

這樣的希望讓她在這一週裡綻放著光彩。

但如今，那份希望脆弱地應聲粉碎——

透過伯父再婚的形式。

正因為月愛認定「爸爸其實一直喜歡著媽媽」，因此受到的衝擊更是不可計量。

「…………」

牆壁上時鐘的指針已經接近晚上七點。

今天應該不可能慶祝聖誕夜了。

屬於外人的我無法對悲傷的她說什麼話，只能輕輕站起身，打算讓她獨自靜一靜。

「那我今天先回去囉……」

在我這麼說的時候，她拉住我的袖子。

「……不要，你別走。」

月愛稍微從暖桌上抬起頭，由下往上地注視我。

「今晚別讓人家一個人……」

她、她說什麼？

「他怎麼可能回家。今天是聖誕夜喔？他一定會跟那個女人在一起。」

「妳、妳不會一個人在家啦，還有伯父在……」

撲通！心臟彷彿要破掉似的劇烈猛跳。

「怎麼會……」

世上豈有父親丟著還在讀高中的女兒不回家，自己與女朋友在外過夜的道理？還是說因為陷入熱戀，就把身為人父與監護人的自覺丟到九霄雲外了？

「所以，求求你……」

月愛張著濕潤的眼睛望向我。那哭得紅腫的眼角看起來好性感……被那種眼神注視著，我……

「不、不行啦，月愛。這種事……」

不要走？今晚別讓人家一個人？

她的意思是要我住一晚嗎？

月愛穿的白色針織連衣裙像截掉肩膀部分似的大大敞開，露出白皙滑嫩的肌膚。暖桌被的外面則是露出白嫩的大腿……

我不禁吞了吞口水，發出咕嘟的聲音。

「為什麼不行？」

月愛揪著我的袖子，可愛地歪著頭。

「沒有啦，妳、妳問我為什麼……」

她的奶奶正在旅行，父親則是沒有回家……如果我決定在這種狀況下的白河家，與月愛兩人待上一晚——

我感覺自己這個處男再怎麼樣也不可能忍耐到隔天早上。

「……不行，就是不行啦！」

我已經決定要尊重月愛的想法……在月愛有那個意思前絕不出手……！

正當這麼想著的我準備離開時，月愛還是拉住我的袖子。

「為什麼你要說那種話嘛……」

她的眼中瞬間溢出淚水，滾滾淚珠沾濕了嘴唇，更增添其嫵媚。

「討厭啦……連龍斗都要拋棄人家嗎……？」

她的眼角、臉頰都泛出了紅暈，聖誕夜裝扮所包裹的肢體扭來扭去，彷彿在引誘著我。

「……不、不是啦……！」

由於這個畫面太過香豔，我閉起一隻眼睛勉強維持理智。月愛卻看似難受地微瞇著雙眼，對我說道：

「人家可以喔……？」

那微開的朱唇非常性感。讓我情不自禁地將眼神直直盯在中間的鮮紅舌尖上。

「如果是龍斗，人家願意喔……」

「……！」

「所以……陪人家到早上……」

月愛這麼說著，便撲向了我。

原本坐在地上的月愛將全身的重量都壓了過來，緊緊抱住站著的我的雙腿。

我的雙腿感受到了她那柔嫩又炙熱的彈性。

不、不妙……再這樣下去……「站著的我」就要變成「硬著的我」，某個凸起物將會頂到月愛的額頭……！

在我陷入混亂狀態，豁出去不顧一切地抱住她的雙肩時——

好燙……

在她抱著我的雙腿時，我就已經感受到——她的身體異常地炙熱。

「……月愛，妳發燒了？」

我不認為這股熱度只是單純的身體發熱。

擔心的情緒凌駕了性慾，讓我立即恢復了理智。

「唔？」

月愛以失焦的矇矓眼神望著我。嘴唇半開，顯得相當嫵媚。

仔細想想，月愛之所以從剛才開始看起來異常性感，或許是因為發燒的關係。

「體溫計在哪？」

「在那個抽屜的，那邊……」

我透過月愛模糊不清的指示找到體溫計，在看到她從自己的腋下拿出來的體溫計時，嚇了一跳。

「三十八點九度？」

逼近三十九度的數字差點嚇昏我，讓我慌了手腳。

「藥……拿醫生開的藥比較好吧？……至於小●退熱貼……聽說對發燒的人沒有效果……還是蓋濕毛巾？有濕毛巾嗎？」

「濕毛巾……？一定要濕的才可以嗎……？龍斗你來弄濕嘛……」

月愛的話聽起來超色情的！是因為發燒的月愛太過性感，還是我的內心太過汙穢？

情緒激動的我最後在臉盆裡盛滿冰水，將毛巾浸濕，完成照顧月愛的準備工作。

「月愛，還好嗎？可以走回自己的房間嗎？」

我朝仍然趴在暖桌上的月愛如此詢問，月愛虛弱地搖了搖頭。

「不行……全身關節好痛，動不了……」

「…………」

於是，我揹著癱軟無力的月愛走上階梯。

月愛在女性之中應該算體重輕的那邊。但以我的體力，我沒有自信能用公主抱把她抱上樓梯。

背上傳來兩顆充滿彈性的氣球擠壓變形的觸感。

「呵呵……」

或許是高燒造成了意識模糊，月愛就像在說夢話似的笑了。

月愛呼出的氣碰到脖頸後方，感覺癢癢的。

「呵呵呵……有龍斗的味道……」

「咦？」

味道？是臭味嗎……！

我今天早上應該有把身體洗乾淨吧？

啊，早知道就在出門前再沖一次澡了……都是因為我不想讓家人發現自己在期待什麼，所以實在沒辦法那麼做。

「好好聞……感覺好安心……」

月愛沉醉地輕聲說著。

「…………」

我的心跳快得停不下來。總之還好她沒有覺得是惡臭。

順帶一提，我剛才已經向父母如實報告：「月愛突然發燒，家人也都不在，今天晚上會住下來照顧她。」不過他們大概在心裡竊笑吧。

「龍斗……喜歡你……」

啊啊，月愛現在如果是健康狀態就好了！我已經忍到渾身在顫抖啦！

這是我第一次揹人爬樓梯，但因為太過興奮，一點也不覺得辛苦。只是有點難走。

無論是兩手感受到的裸露大腿的彈性、背後的觸感，還是呼在脖頸後方的氣。這些感受都太過寶貴，讓我不知道該把注意力放在哪邊好。

我甚至希望永遠不要走完這短短十幾階的階梯。

但不知道該說是現實無情還是理所當然，我們很快就到了二樓。

「應該是這個房間吧……？」

我推開走廊最裡面房間的門，這是第二次來到女朋友的房間。雖然我在視訊通話時看習慣了月愛背後的這個房間，但因為實際走進來是很久以前的事，所以在我踏進充滿她身上那股香味的房間時，仍然因為感到一股宛如凱旋勝利的興奮感而雀躍不已。

不過我現在的目的終究只是照顧病人。

我掀開還保持她早上起床後有點亂糟糟的棉被……輕輕將背上的月愛放了下來。

「唔……」

閉著眼睛癱軟無力的月愛發出甜膩的聲音，翻上了床。

這個動作撩起下襬很短的針織連衣裙，緊接著！

「……！」

看似緞面的白色布料就這麼從大腿根部稍微露了出來。

「哇啊！」

我反射性地用棉被蓋住那邊。

充滿光澤的白色布料深深烙印在我的視網膜上。

蓋住真是太可惜了……然而現在的我身上沒有多餘的膽子直視那個畫面。

沒錯，我是來照顧病人的——我再次如此告誡自己，並下樓把臉盆拿了上來。

「……龍斗……？」

當我將稍微擰乾的濕毛巾放在月愛的額頭上時，月愛微微睜開雙眼。

「人家有一瞬間以為是媽媽。明明不可能有那種事呢。」

月愛望向天花板，露出落寞的微笑。

「小時候，人家只要一發燒，媽媽就常常會用這種方式照顧人家。」

由於高燒而處於半夢半醒狀態的月愛懷念地瞇起眼睛。

「她會削蘋果，或是餵冰淇淋……人家明明沒有食慾，她卻比平時更熱心地拿一堆東西過來要人家吃。」

「嗯，孩子生病時，父母總是會特別想花心力照顧呢。雖然我們就是身體不舒服，希望他們別來打擾。」

當坐在旁邊地板上的我這麼一說，月愛就轉頭望向我，微微地笑了。

「……感覺龍斗在你媽媽面前的時候，會比平時更裝模作樣呢。」

「咦？是、是嗎？」

我完全沒想到她會這麼說，不禁有點狼狽。

「有那樣嗎……？我覺得自己不是在反抗期啦……」

也許是因為我在月愛的面前，又不想被她認為是媽寶，所以才會下意識地裝出冷冷的態度。一想到會不會被她認為是不孝順的兒子，我就慌了手腳。

「呵呵，人家知道喔。」

月愛稍微被我的樣子逗笑了。

「在人家看來，你應該是在可以耍任性的環境中……安穩地順利長大。好羨慕喔……」

她低聲說著，眼中的落寞神色越來越濃厚。

「人家只要一見到媽媽就不行了。會因為太過高興……變回小孩子。」

我看著露出自嘲般微笑的月愛，回憶起她在運動會上的樣子。

被媽媽摸頭的時候，月愛就像幼童般開心。我本來以為那是她坦率性格的展現。不過現在回想起來，以一個高中生女兒的反應來說，確實有點奇怪。

「…………」

經她這麼一說，我突然想到某件事。

月愛曾經央求我摸摸她的頭。那次玩完生存遊戲後，在摩天輪裡也是如此。

雖然觸摸月愛會讓我感到緊張心動……但對月愛而言，那樣的肢體接觸該不會是一種尋求母親溫暖的行為吧？

「如果媽媽一直陪著人家……或許人家不會從小學時就開始有『好想交男朋友』這種想法了。」

月愛像猜中我的想法般，開始娓娓道出心聲。

「雖然人家很喜歡爸爸……內心的某個地方卻仍然無法原諒曾經背叛我們的爸爸。至於奶奶，之前每年都會見幾次面，但因為開始住在一起而突然向她撒嬌，這種事人家做不到。姊姊則是去了男朋友家，幾乎不回來……這個家裡已經沒有能讓人家盡情撒嬌的人了。」

發著燒的月愛以迷濛的眼神注視著天花板，自言自語般的輕聲呢喃：

「媽媽和海愛都不在……人家變得孤零零的。雖然學校有很多朋友……但人家想要的是比朋友更親密的對象啊。」

聽起來，這是她由衷的真心話。

「人家想要有個人能在受傷的時候抱緊人家、摸摸人家的頭，稱讚人家是好孩子。想要有個人笑著傾聽人家的閒聊，無論白天還是晚上、不管經過幾個小時……願意這麼做的人，只有可能是男朋友。畢竟人家已經不是小孩子了。」

現在回想起來，月愛對女生確實也有許多肢體上的接觸。尤其是和山名同學在一起的時候，她常常緊緊黏著山名同學到很誇張的程度。

若是對男生追求同樣的互動，我想理所當然地會讓人往色情的方向去想。她的前男友之所以很快就對月愛出手，原因或許不只是那些傢伙為人輕浮而已。

我也是如此。月愛的大量肢體接觸，讓我每次遇到她時都會被迷得暈頭轉向，心中小鹿亂撞。自從上次在這個房間發生那件事之後，我每天過著必須苦苦忍耐的日子，偶爾還差點會墮入黑暗面……

一直以來，我都認為月愛比我成熟許多。

但或許……

在她的精神面上還保有幼小稚嫩的部分也說不定。

固然她累積了各式各樣的經驗，但月愛本人實際上可能並沒有那麼成熟。

我第一次產生這樣的想法。

「……媽媽以前在睡前都會抱抱人家。」

月愛突然輕聲地說道。

「媽媽……」

她的眼睛難過地微瞇起來，眼瞳中搖曳著水光。

「不行了……人家和海愛沒辦法變成《天生一對》……已經永遠沒辦法和媽媽住在一起

了……」

我看著聲音發抖的月愛，心中湧出一股無法壓抑的情緒。

「有我在啊。」

我情不自禁地這麼說道，並緊緊抱住月愛。

「雖然可能沒辦法代替妳的媽媽，但還有我在啊。」

「龍斗……」

月愛也伸出雙手，環住我的背。

「謝謝你，龍斗……」

我的心臟撲通撲通地跳著。

在這個聖誕夜裡，我與月愛兩人獨處一室。我的一隻膝蓋跪在床上，緊抱躺著的月愛。

不可以，不能亂動歪腦筋……月愛現在是病人啊。

我不斷告誡著自己，並且試著思考月愛的心境。

月愛平時在這個房間裡都是以什麼樣的心情度過的呢？

她之所以幾乎每天晚上都打電話給山名同學，會不會是為了排解待在家裡時的寂寞呢？

比起黑瀨同學，被爸爸帶走的她在經濟環境上可能較為安定。然而，月愛的心靈支柱是母親。當她失去這個支柱後，毫無疑問受到了巨大的創傷。

耳邊能感受到月愛的呼吸。抱在懷裡的身體滾燙炙熱。但是，這些已經不再會讓我產生下流的想法了。

我想保護月愛。

她是我人生中獨一無二的女孩子。

我希望她過得健康快樂。無論是身體層面，還是心靈層面……

當懷抱著如此願望的我抱緊她的時候……月愛的雙手無力地垂了下來。

「……月愛？」

我離開她的身邊一看，月愛已經閉上了眼，呼吸也比之前還要平穩。

看來她睡著了。

她額頭上的毛巾已經歪了，於是我取下毛巾，浸在臉盆裡冷卻後再擺回她的額頭。

臉盆裡的冰都化成了水。正當我打算重新裝一盆冰水，準備走出房間的時候——

「龍斗……」

「不要走，龍斗……」

我聽到月愛的聲音，停下了腳步。

我朝那個聲音回過頭，對床上的月愛露出微笑。

「我不會走喔，我就在這裡。」

不過，月愛並沒有回應，她的雙眼仍然閉著。

「是夢話……嗎？」

就算如此，一想到自己出現在月愛的夢裡，我還是感到很開心。

慢慢地，聖誕節的夜晚逐漸深了。

◇

背上感覺到一股柔軟的重量，我張開了眼睛。

應該說，直到這個瞬間我才意識到自己睡著了。

「啊，吵醒你了？」

我朝聲音的方向望去，月愛站在那裡。她將毛毯蓋在趴在地上的我身上。

我有一瞬間搞不清楚目前狀況，陷入了混亂。我正在月愛的房間裡，看來是昨晚照顧她的時候趴在地上睡著了。應該是補習班的課業讓我有點睡眠不足吧。

我看了看房間的時鐘，已經將近七點。陽光從窗簾的縫隙照了進來。

「喔，早安……」

月愛將白色連衣裙換成了平時所穿的居家服。

「狀況怎麼樣?不多睡一下嗎?」

聽到我這麼問，月愛露出微笑。

「嗯。似乎已經退燒了。而且肚子好像餓了。」

她有點害羞地哈哈笑著。

「啊，也是呢……抱歉我沒準備什麼吃的。」

「沒關係啦。人家才應該說抱歉，沒有好好招待你。龍斗也餓了吧?」

雖然才剛醒來，還不那麼餓。但我的確從昨晚就是空腹狀態。

「人家有做聖誕餐點喔。但當時考慮到會在餐廳吃飯，只有炸雞和蛋糕就是了。」

「這樣啊……謝謝。」

「要現在吃嗎?」

「咦，這麼早?」

在這種時候吃炸雞和蛋糕?

「吃不下?你不想吃嗎?」

「沒有啦，我絕對吃得下。」

我的回答讓月愛開心地笑了。

「太好了！來吃吧來吃吧～！」

走下樓梯後，我們看到客廳還維持昨天晚上的樣子。看來伯父果然沒有回家。

月愛準備了烤全雞和樹幹造型的聖誕蛋糕。蛋糕是以市售的蛋糕捲為基礎，參考網路影片做成的。奶油的抹法很有新手的生疏感，看起來相當可愛。

「我開動了～！」

我們將食物拿到月愛的房間，辦起一場早上七點半開始，只有我們兩人的聖誕派對。

「啊，是三十七點五度耶。人家還以為完全退燒了。」

我剛才對月愛說「為了以防萬一，還是先量一下溫度」，便將體溫計交給她。之後月愛從連帽衣的領口拿出夾在腋下的體溫計，擺在桌子上。

「別勉強自己，今天最好還是休息吧。」

「是啊……雖然本來和妮可她們約好要見面，只能取消了。」

月愛立刻拿出手機，快速地點著螢幕。

「話說這個烤雞的味道會不會太淡了？抱歉喔～要不要灑點鹽再吃？」

月愛說道並打算站起身，我搖了搖頭。

「不，我沒問題啦。」

雞肉的調味似乎不太均勻，我們從剛才就一起尋找並吃掉鹹淡不均的部分。

「是嗎？……啊，對了！這是聖誕禮物！」

月愛打開昨天帶著的包包，拿出裡面的東西送給我。那是一個綁著紅色蝴蝶結的綠色禮物袋。

「開開看吧！」

「好、好啊……謝謝。」

我打開袋子一看，裡頭裝著幾個白色的紙袋。接著再拿出紙袋一看……

「護身符？」

那些是神社常常在賣的護身符。有的寫著「學業符」或「合格護身符」，甚至還有「健康護身符」、「除厄符」與「交通安全符」之類的。

「嗯。人家一開始只打算買學業的護身符，不過被妮可說：『老是念書不會弄壞身體嗎？』而感到不安，就開始擔心起其他各種問題了。」

月愛「嘿嘿」地笑著。

這些護身符不只種類眾多。仔細一看，寫在護身符上的神社名稱不只一間。

「……難道妳跑了很多間神社？」

「咦？嗯……那幾間好像被稱為關東的三天神？是人家搜尋保佑學業成績的護身符時查

到的。」

「『關東的三天神』？還有那樣的地方啊。」

「嗯，人家覺得機會難得，乾脆全部跑一遍。昨天就和妮可一起走完了。」

「是這樣啊……這個谷……保……天滿宮？在哪裡啊？」

「啊～那好像唸成『Yabo』喔。這個嘛～從新宿坐京王線，換一次車後就到了。」

「咦，那不是超遠的？這表示妳去餐廳之前跑了三個點對吧？」

「對對。」

「從一大早就出門？應該很冷吧？」

「啊～嗯。人家沒想到會那樣。前天明明還很溫暖呢～」

月愛露出苦笑。

逛神社時基本上人都在戶外。以月愛昨天的打扮，這趟神社巡禮應該很冷才對。她之所以突然發燒，該不會就是這個原因吧……一想到這裡，我就覺得很不好意思。

「龍斗最近不是很努力念書嗎？人家只能幫你做這點事……」

「……謝謝妳，月愛。」

月愛的心意讓我很開心，胸口被感動得暖暖的。

「我會把所有護身符都繫在書包上。距離考試還有一年，得多受到一點保佑才行呢。」

聽到我這麼說，月愛紅著臉笑了。

「嘿嘿。」

「我也有禮物給月愛喔。」

「咦？」

為在聖誕節見面的戀人準備禮物應該是理所當然的事，月愛卻吃驚地張大了眼睛。

「不會吧～？是什麼禮物呢？」

「我現在就拿過來……可以等一下嗎？」

我這麼說著，拿著自己的包包走出房間。

「聖誕快樂～」

我發出不合性格的開朗聲音走進房裡，讓月愛眨著眼睛望向我。

糟糕，冷場了嗎……？

我戴著紅帽，身穿紅上衣，還戴了白鬍子與眼鏡。這些全部是從百元商店買來，非常簡易的聖誕老公公裝扮。

——會有聖誕老公公來到家裡，親手送禮物給我們。那時候好開心呀。

——雖然聖誕老公公就是爸爸啦。

我想為喜歡驚喜的月愛重現她之前說過的小時候的聖誕節回憶。準備這個驚喜時，我沒料到昨天的聚餐會發生那樣的事。現在讓她想起父親的回憶搞不好會造成反效果……見到她沒有反應，讓我害怕得慌了手腳。

「呃……這是要送妳的禮物……」

我姑且還是把手上的包裝盒遞給月愛。

該說些什麼來緩和這種氣氛才好呢……正當我邊思考邊舔著乾燥的嘴唇時——

「……呵呵……」

月愛笑了。

她一邊笑，一隻眼睛邊流出淚水。

「咦？月、月愛……？」

我慌張地看著她的臉。她的另一隻眼睛此時也溢出了滾滾淚珠。

「呵呵……這不是龍斗嗎？你還穿著同樣的襪子，人家都看出來啦……」

月愛指向我的腳下笑著。別說襪子了，連褲子都是同一件。這種水準以扮裝而言完全不行。但是看到月愛一邊流淚一邊開心地笑，我也跟著笑了。

「哈哈……犯了和月愛爸爸一樣的失誤呢……」

當我這麼一說，月愛的眼淚就一口氣潰堤。我慌張地想著：「爸爸」兩個字果然不能說出口啊。

「抱、抱歉。」

當我連忙道歉，月愛便帶著泛淚的眼睛搖了搖頭。

「不會，沒關係啦。因為，人家的聖誕老公公已經不是爸爸了。」

月愛邊說邊露出微笑，接著突然靠在我的身上。

「……！」

被她出其不意地這麼一抱，我整個人完全僵住。月愛湊在我的耳邊輕聲說著：

「……因為人家已經知道……能帶給人家喜悅的人是龍斗。」

「月愛……」

微卷的頭髮搔著我的鼻尖，讓我的心中小鹿亂撞。

月愛緩緩地離開我的胸前，有點害羞地抬起眼睛望向我。

「喏，人家可以打開禮物嗎？」

「唔、嗯，當然可以……」

月愛將視線移回禮物上，她在桌上慎重地拆開了包裝。

「……啊，是耳環！」

「對。那個戒指……應該是月長石吧？我剛好看到有同一種石頭的耳環。」

「真假？真的耶～！」

月愛交互看了看耳環與自己右手無名指上的戒指。自從夏季廟會之後，月愛在學校以外的場合與我見面時，總是戴著我在那時送給她的戒指。

這次我送給月愛的耳環在設計上與那個戒指一樣，白色的天然石鑲嵌於閃亮的黃金底座上。雖然是在網路上買的，店家與之前不同。但我還真是佩服自己能找到設計如此相似，簡直像成套首飾的耳環。

「雖然月愛妳應該已經有很多耳環了……但我只能想到這個，抱歉。」

「不會！好開心喔！耳環這東西是不嫌少的。」

月愛大力地搖了搖頭。

「而且……一想到這是龍斗特別挑選買來的，人家超級開心喔。」

月愛的臉頰微微地染上紅暈，看著我露出微笑。

「謝謝你，龍斗……人家現在就戴起來。」

月愛說完就動手把戴著的耳環拿下來。接著將月長石耳環戴到兩隻耳朵上。

她為了方便戴耳環而將頭髮撥到一側，露出白皙纖細的後頸。那種美麗與性感總是讓我看傻了眼。

「戴好了！看起來怎麼樣？」

月愛開開心心地將新耳環展示給我看。

「嗯，很適合妳喔。」

那對耳環戴在月愛的身上，比我在網購時想像的畫面還要合適好幾倍。

「太好了～！嘿嘿。今天就一直戴著吧～」

月愛這麼說道，並拿著取下的耳環到床鋪上。枕頭的後面有個首飾架，她似乎準備把耳環掛上去。

這時，以膝蓋壓在床上的月愛將一個布偶從自己的其中一邊膝蓋下拉出來。

「啊，踩到了。抱歉喔，小奇。」

小奇？

那個聽起來很耳熟的名字讓我赫然回神。

「那個……」

看到我指著一個布偶，月愛將它拿了起來。

「啊，這個？它是貓咪小奇。可愛吧？是很～久以前海愛送給人家的。」

月愛一隻手掛好耳環，抱著小奇走下了床。

小奇是一隻小小的貓咪布偶。雖然我不知道那是什麼作品的角色，但是塑膠製的圓滾滾眼睛看起來相當可愛。

「……海愛啊，很擅長跟大人要求東西喔。好羨慕她呢。」

坐在床鋪旁邊的月愛注視著小奇，突然輕聲說著。

「人家從以前就是想到什麼說什麼，所以意見很容易不被當成一回事。就算人家說想要什麼玩具，也只會被隨口應付過去，不太受到認真的看待。」

月愛對我露出了一個苦笑。

「可是和人家比起來，海愛不太常說話。在玩具賣場的時候，大人看到她默默盯著商品，就讓他們想買玩具給那樣的孩子。阿姨從海愛小時候就很疼愛她，經常買給她很多東西。這也是其中之一。」

「原來是這樣啊。」

「可是呢，海愛好像本來就不怎麼想要這個。她只是因為沒興趣，所以才沒說出『我想要』這句話。所以人家就拿過來了。」

從月愛的角度重聽一次黑瀨同學所說的那段往事，讓我感到相當新鮮。

「可是呢，海愛有一次想要回小奇。」

說到這裡，月愛的眉頭稍微蒙上一層陰影。

「人家感到很難過。對她喊：『小奇剛開始明明那麼可愛，結果把它丟在角落生灰塵的人就是海愛吧？如果妳打算之後要回去，一開始就該好好疼愛小奇啊。為什麼等人家開始照顧小奇後才說這種話？』當時的我又傷心又生氣，就打了她。因為她的要求未免太不講道理了吧？」

月愛露出了交雜罪惡感與悲憤的表情。

我對這樣的她說道：

「……黑瀨同學不是捨不得把小奇給妳喔。她說是看到月愛疼愛小奇的樣子，才會想拿回去。」

「咦？」

「因為她喜歡月愛，憧憬妳。因此想變得和妳一樣。」

「……那些話是海愛說的？」

月愛的表情顯得有點僵硬。

「嗯。在我們還是朋友的時候說的。」

當我這麼一說，月愛就輕輕咬著嘴唇，低下了頭。

「這樣啊……」

當她再次抬起臉時，已經恢復成開朗的表情。

「所以，龍斗也知道小奇的事呢。」

「實物是第一次見到。樣子比想像得還漂亮，嚇了我一跳。妳很寶貝它呢。」

雖然從整體的感覺來說，那個布偶確實很舊。但是並不會骯髒破爛。看得出經過了細心的修整與照顧。

「嗯！」

月愛抱著小奇露出笑容。

看著這樣的月愛，我的臉上也溢出滿滿的微笑。

「妳能和黑瀨同學恢復關係真是太好了呢。」

「……嗯，是啊。」

月愛在點頭時，似乎有一瞬間的遲疑，這讓我有點在意。

「……妳還有什麼在意的地方嗎？」

我的問題讓月愛緩緩地搖了搖頭。

「沒有～人家只是覺得果然沒有辦法完全恢復到像以前一樣。該說是有一層隔閡還是什麼嗎……畢竟我們已經有六年幾乎沒聯絡了。人家對海愛在這段期間的心境或遭遇有太多不知道的地方，而且她也是一樣。」

「這樣啊……」

這大概也是沒辦法的事。

「不過，要是我們能一點一點慢慢交流，恢復到過去的樣子就好了。」

「是啊……我也這麼覺得。」

月愛帶著淺淺的微笑，低聲說道。

「即使沒辦法再讓大家住在一起……人家希望和海愛至少能像以前那樣要好。」

我也真心如此期盼。同時也希望黑瀨同學的臉上能露出更多的笑容。

「……人家像個笨蛋呢。」

這時，月愛突然自嘲般的喃喃說著。

「聖誕夜就是結婚紀念日這點根本不代表什麼。爸爸和媽媽早就已經往前邁進了。」

月愛像要把下巴壓進小奇的頭裡一樣，緊緊抱住布偶。

「人家在這一週裡，擅自在那邊開心地忙來忙去，最後卻失敗，自顧自地消沉……有種『到底在搞什麼嘛』的感覺。」

「沒有那種事啦……」

看到月愛可憐兮兮的模樣，我開始尋找其他話題。

接著，我無意識地發出「啊」的一聲。

「說到紀念日……上週不就是半年紀念日嗎？」

我的話讓月愛也張大眼睛，發出「啊」的一聲。

「對呀！沒有錯！」

月愛難以置信般的喊著。

「咦，人家怎麼會忘掉？在考試期間明明還記得耶！欸～人家本來想好好慶祝半年紀念日的～！」

「沒辦法嘛，聖誕夜的準備工作太忙了。」

我也是因為忙著預習考試後的寒假輔導課程，一直到現在都忘掉了。

就在我回想著上週的事，並望向月愛的時候——

「……妳、妳怎麼了？」

我嚇了一跳，不自覺地僵住了。

月愛她哭了，止不住的淚珠滴在小奇的頭上。

「月愛……？妳還好嗎？」

當我慌張地想著「忘記慶祝半年紀念這件事有這麼讓她受到打擊嗎」，月愛搖了搖頭。

「不是啦……人家只是沒想到自己竟然會忘記和男朋友的紀念日……」

月愛低聲如此說著，將臉埋進小奇的頭裡。

「想到和龍斗的交往在自己的心裡真的變成日常的一部分……人家就好開心……」

「月愛……」

過去的月愛是抱著什麼樣的心情度過與前男友的紀念日呢？

還有一個月、還有一週……自己能和這個人交往到那個時候嗎？

想必她一定是懷抱這樣的想法，掰著手指頭數日子吧。

如果是這樣，或許我給予了月愛前男友們無法帶給她的安心感。

想到這裡，我的心中似乎踏實不少。

「那現在來慶祝吧，慶祝我們兩人的交往半年紀念日。」

我這麼一說，月愛就抬起了臉。

「嗯！就這麼辦吧。」

月愛擦掉兩眼的淚水，泛出了微笑。

我們斟滿玻璃杯中變少的可樂，再次舉杯慶賀。

「聖誕快樂！還有……為我們兩人的交往半年紀念日，乾杯！」

月愛快活的聲音響遍了她的城堡。

和月愛初次迎接的第一個聖誕節，就在些許的苦澀之中安穩地度過了。

第三・五章　露娜與妮可的長時電話

「真的假的……該怎麼說呢……不行，我想不到該說什麼好。」

「……………」

「總之，真是遺憾啊……『天生一對』作戰失敗了。」

「嗯……」

「話說露娜妳可以打電話嗎？病不是才剛痊癒？」

「嗯，沒事。已經沒有發燒了，只有身體有點重而已。真抱歉，沒辦法去今天的聖誕節女子會。」

「那沒什麼大不了啦，別勉強自己喔。今天就早點睡吧。」

「好！……呵呵。妮可，妳好像媽媽喔。」

「常常有人這麼說，像是社團的學弟妹們。」

「……媽媽啊……」

「……真的不知道該怎麼說，事情竟然變成這樣。虧露娜妳那麼努力。」

「嗯……不過，這也是沒辦法的事嘛。他們兩人對彼此都沒有感情了，根本不可能硬要雙方再婚。」

「……還好嗎？露娜，妳會不會很喪氣？」

「嗯，多虧有龍斗在身邊。如果只有自己，人家恐怕會撐不下去……」

「還真厲害呢。他昨晚不是一直在照顧妳嗎？」

「嗯。」

「沒有做任何色色的事情？妳睡著的時候他沒有毛手毛腳嗎？」

「龍斗才不會做那種事啦～」

「哦～他真的是男人嗎？那個人有沒有性慾啊？」

「…………」

「怎麼了？露娜？」

「應該有吧。龍斗說過他在體育館倉庫把海愛壓在地上。」

「咦？什麼？那是什麼時候的事！」

「暑假前……」

「怎麼回事？」

「不過他有踩煞車，那就沒問題了。」

「就算是這樣……算了，只要露娜覺得沒問題就好。」

「……一點也不好。」

「那麼……」

「不是那個意思啦。人家覺得不好的是龍斗昨天晚上沒有想對人家做色色的行動！」

「啥？」

「這很奇怪吧？一個男生和他最喜歡的女朋友在聖誕夜兩人獨處，卻不會心癢癢的。這是不是很奇怪？」

「哎呀，那是因為露娜發燒的關係吧？雖然由我幫他說話有點怪怪的，但他不就是認為當時不是做那種事的時候，所以專心在照顧妳嗎？」

「可是喔，性慾就不是那樣的東西吧？那應該是理性無法控制的……」

「我覺得這點因人而異啦……他可能並沒有那麼想做，也可能是因為愛妳而忍住了。」

「欸，妳覺得龍斗是哪一種？」

「啊？那種問題妳應該比我還要清楚吧～」

「就是搞不懂啦～！人家又沒有跟龍斗聊過那種事。」

「話說，妳該不會是刻意避免聊那種話題吧？」

「為什麼這麼說？」

「因為和男朋友聊那種事，氣氛會變得情色。妳還不想做色色的事情吧？」

「搞不懂啦～！雖然搞不懂，但一想到龍斗明明曾經把海愛壓倒在地，而和人家度過一整晚卻什麼也不做，就讓人家覺得好生氣！開始擔心自己是不是沒有魅力……」

「……在江之島那次呢？」

「咦？」

「他在江之島時，不也是和妳待了整晚卻什麼也沒做嗎？而且露娜妳也沒有生病。」

「是啊……」

「那時候就不會讓妳生氣嗎？」

「……那是……因為當時我們才交往一個月……」

「……難道說，露娜妳漸漸開始想跟他做了？」

「咦？是、是那樣嗎？」

「不就是那樣嗎？」

「咦，人家搞不懂啦！只是會一直想著……龍斗是用什麼樣的表情把海愛壓在地上……擅自妄想到最後……就嫉妒起來了。人家明明知道那種事不要去想比較好……」

「……那就是戀愛啊。」

「唔？」

「妳終於『戀愛』啦。」

「咦，什麼意思？」

「就是說露娜的戀愛終於開始了～妳以前那些交往都不是戀愛呢。」

「是啊……但那些又是什麼？」

「嗯～硬要說的話，就像對人類的愛？」

「欸，聽起來層級好高！」

「感覺像是和向妳告白的人交往，因此妳也想努力喜歡上對方？所以只要對方離去，關係就結束了。畢竟就算妳受到了傷害，也不曾拉著對方央求他回心轉意嘛。」

「嗯……」

「所以那都不是戀愛喔。不過妳現在終於戀愛了，第一次愛上加島龍斗。」

「第一次……是啊。」

月愛紅著臉低喃，坐在床上的她像被逗笑似的望著自己抱住的膝蓋。

「原來就算是這樣的我……也有可以給龍斗的『第一次』啊……」

第四章

過年後，新的一年開始了。

元旦的下午，我和月愛一起去新年參拜。

「好美的景色喔。」

來到位於高地的神社，爬上階梯後往回一看，我不禁發出了感嘆。

近處是住宅區與電車來來往往的鐵路，延伸到遠方的整片景色與冬日的晴朗藍天令人心曠神怡。

月愛以前常常被爸爸和奶奶帶來這間距離A站很近的神社。當地人在新年參拜時很喜歡來這裡。即使過了中午，等著參拜的人群仍然是大排長龍。

「嗯……是啊。」

月愛的話不多。她把脖子縮在輕飄飄的白色披肩之中。牽著我的手則是怕冷地插在我的口袋裡。

盛裝打扮的月愛渾身充滿了新年的氣息。那套鮮豔的冷色系和服很適合她，神聖地讓我想一直欣賞下去。

不過，她的表情卻與打扮完全相反，看起來悶悶不樂的。

「………」

自從聖誕節之後，月愛就沒什麼精神。既然她的感冒已經好了，應該不是健康狀況的問題吧。

「……聽說福里小姐明天要來家裡。」

福里小姐就是月愛爸爸結婚對象的名字。她在大阪的醫院做櫃檯行政的工作。兩人是在交友軟體上認識，似乎是這個夏天開始交往的。

這幾個月以來，雙方每個月都會來回大阪與東京見幾次面。據說她在東京找到了新工作，最近搬家到這附近。

「話說喔，爸爸在運動會前不是突然有事沒辦法來嗎？那好像是和女朋友去她現在住的月租公寓看房子喔。因為房屋仲介聯絡她說：『您想租的房子已經空出來了。還有其他客人想看房，請馬上下決定。』所以她說要來東京一趟並希望爸爸一起過去。其實不是出差。」

「……原來是這樣啊……」

我不知道該怎麼回答，只能這樣說。

雖然我不想批評月愛的父親，但我畢竟是月愛的男朋友，難免對伯父感到生氣。

他明明還有女兒啊。

當然，現在的伯父是單身，要交女朋友或見女朋友都是他的自由。但不是應該以高中女兒所期待的活動為優先嗎？

「……好煩喔。明天人家和妮可約好要出去玩，但爸爸要人家先和對方打聲招呼。他說福里小姐因為人家在聖誕夜時的態度受到打擊，要人家跟她道歉。」

「……這樣啊。」

月愛真的有必要道歉嗎？站在伯父的角度來看，他或許希望如此。但我實在難以理解。

「好煩喔……一堆討厭的事情。福里小姐好像三月的時候就要搬過來了。住在人家隔壁的房間……以前爺爺的書房要變成那個人的房間了。」

「……這樣啊。」

「真的好煩……好想在那之前離開那個家喔。雖然妮可說可以去她家，但妮可家只有兩個房間，對她的媽媽也不好意思。而且也不可能待好幾個月吧？」

月愛一邊嘆氣一邊說著。

「真的好煩喔……人家接下來該怎麼辦啊。要開始打工嗎？可是高中生有辦法租自己一個人住的房間嗎？」

「唔……」

雖然我沒查過，不清楚實際狀況。但我想若是沒有父母的許可，應該很困難吧。

月愛看著搜索枯腸仍得不出答案的我，突然輕輕一笑。

「要是能和龍斗一起住就好了呢。」

雖然她用的是半開玩笑的口吻，但我知道她有一半是認真這麼想的。

「……就這麼決定吧。」

「咦……？」

我的話讓月愛驚訝地眼神搖曳不定。

「所以該怎麼做？」

「兩個人一起逃到遠方的城市……」

「住在哪？」

「……住旅館……那太花錢了呢。」

那麼乾脆像暑假時那樣，借住月愛的外曾祖母紗代女士家，或是我的祖父母家……但不管怎麼做，只要被發現沒到校上課，學校就會立刻聯絡父母。不可能長期待在那。

如此一來，既然沒辦法租房子，我們就只能住旅館了。

這樣的話，必須設法賺錢才行。

「……我去工作吧。找些日領的臨時工來做，盡量想辦法湊錢。」

「咦，可是學校怎麼辦？龍斗，你不是還很努力地準備補習班的課業嗎……」

沒錯，如果事情演變成那樣，我就無法顧及高中生活或大學考試了。

況且，就算要當日領臨時工，我也無法想像那是什麼樣的工作內容，或是得透過什麼樣的門路找。就算運氣好找到了工作，也有可能是嚴苛的勞力工作。對體力沒有自信的我，有可能靠這種方式……讓想要結婚後生三個小孩的月愛幸福嗎？

這個計畫越想就越是破綻百出，讓我不得不陷入沉默。

「……抱歉……這太不實際了。」

「不會。沒關係喔，龍斗。你有這樣的心意人家就很開心了。」

月愛露出溫柔的微笑。

「現在沒辦法嘛。所以『要是能一起住就好了』只是玩笑話而已喔，呵呵。」

月愛對一臉窩囊的我笑著這麼說。她的笑聲聽起來特別開朗。

我對自己的無能為力感到沮喪。幸好月愛已經恢復精神了。

我們聊著聊著，不知不覺間已經排到參拜隊伍的前頭。我們像是被擠出去似的站在賽錢箱的前面。

我們模仿四周的大人行了二拜二拍手的禮，接著肩並肩雙手合十。

當我許完願張開眼睛時，身邊的女朋友還閉著眼睛。

「你許了什麼願～？」

離開隊伍後，我帶著從人群壓力中獲得解放的輕鬆感漫步於神社裡時，被月愛問道。

「這個嘛……」

我有點猶豫，不知道是否該說出口。

「……就是『希望月愛這一年都能過得幸福』。」

看到她剛才的樣子，讓人不禁想許這樣的願望。

「所以一定不會有問題。我們有兩人份的願望，絕對能被神明大人聽到。」

有我的願望加上月愛本人的願望。大家許願時大概都以自己為優先，所以比起在場任何人，我們應該可以帶給神明大人更大的衝擊吧。

但願不會再發生奪去這位美麗善良的女孩臉上笑容的事情了。

我再三地在心中祈禱。

「龍斗……」

月愛眼睛濕潤地注視著我。

接著她突然破涕而笑，開口說道：

「……呵呵，抱歉。那人家可能做了沒有意義的事了。」

「咦？」

正當我還在思考她話中的意義時，月愛露出了微笑。

「人家許的願是『請把人家的福氣分給龍斗，讓他能夠幸福』。」

「……月愛……」

我的心中一暖，感動地不能自已。

怎麼會有這麼溫柔的女孩。她明明正處於那麼艱辛的境遇，卻拜託神明大人讓別人獲得幸福。

「欸，在這種情況下願望會變成什麼樣呢？」

月愛好奇地問我。

「可以想成我們兩個人會一起獲得幸福嗎？」

她的模樣讓我感到一股溫馨的喜悅。

「是啊，大概吧。」

我們不知不覺間牽起了手，走下神社的階梯。

雖然這個時間點的空氣理應在一天中受到最多太陽的恩惠，迎面而來的風卻冷得令鼻子作痛。

我們邊走著，邊靠緊彼此需索對方的溫暖。感覺神明大人很快就實現了月愛的願望。

「欸，要不要去喝個茶？」

走下神社所在的高地後，我們漫無目標地朝月愛家的方向走去。這時月愛如此提議。

「是可以啦……但是這樣好嗎？今天妳的爸爸和奶奶都在家裡吧？」

「嗯……就是呢……」

月愛垂下了僵硬的表情。

「人家現在不想和爸爸待在一起……他八成會講明天的事。」

「這樣啊……」

我能體諒月愛的心情，於是朝車站走去，找了間正在營業的連鎖咖啡廳進去坐坐。

「唉……真不想回家啊。」

月愛坐在椅子上一邊喝著飲料，一邊嘆氣。

「從三月開始……每天都得過得這麼委屈嗎……明明是人家的家耶。」

「不過妳還沒有和福里小姐坐下來好好聊過吧？也許她是個不錯的人……」

「沒辦法。」

我才剛想緩頰，月愛就立刻打了回票。

「因為，爸爸的結婚對象就是人家的新『媽媽』吧？但是對人家而言，母親只有媽媽一個啊……」

月愛兩手晃著馬克杯，彷彿想把杯裡焦糖瑪奇朵上的奶泡融進咖啡裡。

在開了暖氣的室內，心情似乎能因這股暖意為之放鬆。但月愛的表情仍然十分僵硬。

「人家沒辦法接受啊。自己同住一個屋簷下的父親，竟然和與人家毫無關係的女人睡在一起……」

月愛停下了搖晃馬克杯的手。

「那種事人家連想都不願去想……太噁心了。」

她不屑地說著。

「…………」

我最近越來越能理解月愛。她並非單純是個懂事成熟的好孩子。

她平時之所以笑笑地接受某些事物，或許其實是因為那些事對月愛而言「無所謂」。進行「天生一對作戰」時也是如此。只要踩到她不願退讓的底線，月愛就會像這樣變得頑固又執拗，任性而不肯聽勸。

她不是只有太陽般光明開朗的一面。

月亮般的陰暗面也隱藏著。因為她是「月愛」。

她既非好孩子，也不是成熟的大人。

只是一位芳齡十七，隨處可見的普通女孩。

「唉……」

這樣的月愛，就在我的面前嘆著氣。

——要是能和龍斗一起住就好了呢。

月愛剛才的話不斷地在我的腦裡反覆播放。

同時，剛才我所嚐到的無力感再次襲上心頭。

她這麼地煩惱，難道我只能為她求神拜佛嗎？

如果我是個大人。

如果我在工作賺錢，能自行獨立……就能抬頭挺胸對她說：「來我家，我們一起住吧。」

而現在的我什麼也辦不到。若是兩個高中生一時衝動離家私奔，很明顯會立刻面臨無處可去的下場。

既然如此，有什麼事是我能做的呢？

得努力想想。

如果無法為月愛準備另一個棲身之所，那就只能守住她目前所待的地方。

那麼我該怎麼做呢？

「……月愛，我現在可以到妳家打擾嗎？」

「咦？」

月愛露出吃驚的表情。

「可是爸爸和奶奶都在家耶？」

「嗯。雖然在過年時講這些不太好，但我想和妳的家人……和伯父稍微談一下。」

以我這種身分，不知道是否能說服伯父。

但是，只能這麼做了。

我從來沒有像現在這樣強烈地盼望「好想早點成為大人」。

不過——

我畢竟不是大人。雖然很不甘心，但我的年紀終究不夠大。

小孩子只能受到大人的保護。那是沒辦法的事，我無法改變。

所以我沒有魯莽地與月愛展開一場逃避之旅。而是拜託月愛的父親，請求他守護月愛的棲身之地。

這一定是我唯一能做的事。

◇

白河家客廳的電視上播放著元旦的搞笑特別節目。

「……所以，你有話想說？」

月愛的父親邀我坐進暖桌，我卻堅決維持跪坐的姿勢。讓他感受到一股不尋常的氣氛，擺出疑惑的表情如此說道。

月愛的父親穿著類似運動衫的居家服，頂著一頭睡翹的頭髮，展現出與之前截然不同的私底下模樣。

暖桌上擺著看起來像年菜的點心與幾罐啤酒。由於這個畫面太有闖進別人家隱私的感覺，讓我不好意思地縮了縮身體。

雖然月愛的奶奶對於我在元旦這天突然造訪而感到驚訝，但還是說著：「要不要吃年糕湯呢～？我現在就來做！」便起身走向廚房。她將一頭茂密的灰髮染成帶點粉紅的紫色。和月愛描述的一樣，是一位愛打扮又爽朗的人物。

「呃，是這樣的……」

我勉強將顫抖的話語擠出喉嚨，對他表示：

「我有個……小小的請求……」

「請求？」

「就、就是……月愛同學從三月開始即將與伯父的再婚對象住在一起，這件事讓她受到很大的衝擊……呃，那個，請問可不可以盡量延後一段時間……」

我低下眼睛結結巴巴地陳述。月愛的爸爸嘆息似的搖了搖頭。

「如果是這件事，我已經跟月愛說過了。」

原來你只是來說這件事啊——我感覺到他對我投出這種傻眼的眼神。

月愛在我的身後，和我一樣擺出跪坐的姿勢。他朝自己的女兒瞥了一眼，開口說道：

「我有我的人生。就算是家人，每個人都是各自獨立的個體。即使住在一起，也必須尊重彼此的自由……正因為主張這樣的想法，我認為自己一直以來讓月愛過得相當自由。月愛已經十七歲，是個大人了。如果她無法理解這點，我會很傷腦筋的。」

聽到那段話，我的內心發出一陣碎裂聲。

剛才在神社感受到的近乎屈辱的悔恨感，三度湧上了心頭。

「高中生並不是大人……」

雖然我想早點長大成人，追上月愛。

但無論是我或月愛，都不是大人。

高中生就是一種扭曲的存在。

我們的外表看似大人，具有明確的興趣志向，有著自己的思想。大人能做到的事，我們大多能做到。雖然有時我們會產生自己也是大人的錯覺。

然而，我們卻無法獨力生存下去。因為我們還沒有養家活口的能力。

雖然讓人感到心有不甘、焦急難受和無能為力。但畢竟高中生還只是「小孩子」。而大人有著守護小孩子的義務。

「為孩子準備每天能安心生活的環境是大人的責任。」

若非如此，我們無法活下去。

「還請您……不要奪走月愛同學在這個家的棲身之地……」

當我低下了頭，可以聽到背後的月愛跟著低頭的衣服摩擦聲。

「就算你這麼求我……」

經過些許沉默後，伯父說道：

「我們這邊也有些隱情。因為如果對女兒坦承，可能會讓她感到排斥。所以才瞞著沒有說……」

當我抬起頭時，伯父臉上掛著有點尷尬的表情。

「我的女朋友有婦科……子宮方面的慢性病。她已經三十七歲了，還是第一次結婚，她說想要小孩。因為可能有難以自然受孕的疑慮，她打算開始進行不孕症治療。」

伯父抓了抓脖子，喃喃細語地說明。

「我們已經找醫生諮詢過了，但只有擁有配偶的人才能進行積極性的不孕症治療。為了這點，我們有儘早結婚的必要。」

由於伯父老是把視線移開，我感覺自己也不好一直盯著他看，只能把視線投到地板或牆壁上。

「我們還沒有捨棄自然受孕的希望……出於這個原因，才會想早點住在一起。」

聽到一連串對我這個處男而言太過露骨的詞彙，無法完全理解的我，眼神無所適從地到處亂飄。再加上從女朋友的父親口中講出這些話造成的緊張感，讓我的心臟跳動速度快得非比尋常。

我這種人真的不該來的，好想現在就回家。

但是——

如果此時說出「哦，原來是這樣啊」，並就此收手。月愛的狀況也不會獲得改善。

「…………」

伯父的隱情是伯父自己的事。

我考量的是月愛的幸福。

正因為把月愛擺在第一順位，讓我必須捨棄某些東西。

腦中閃過了黑瀨同學的身影。

連我都不得不如此，為什麼理應最疼愛月愛的父親卻不能這麼做呢？

我緩緩地做了個深呼吸，再次開口：

「……呃……我認為事情應該要有先後順序。」

我接下來要說的話，也許會對月愛的父親非常失禮。

但是，正因為我放棄了與黑瀨同學之間的友誼，有些話不得不說出口。

「說、說句失禮的話……伯父，啊，不是。月愛同學的父親，您……是為了和那位女性結婚，所以與月愛同學的母親離婚嗎？」

月愛的父親露出明顯的意外表情。

「怎麼可能嘛。我和她是最近才認識的。」

我抓住了這個機會繼續說道：

「既然如此……歸根究柢，若是您以前沒有出……出軌，那麼您與那位女性之間根本不可能有這段感情不是嗎……？」

這好像是我有生以來第一次看到，年長的大人在我面前露出說不出話的表情。

我趁著他還沒辦法反駁，絞盡腦汁思考說服他的話。

「比起……未來還不知道會不會出生的孩子……您是否能以現在就在眼前的自己孩子的幸福為優先呢？」

我覺得自己說了很殘酷的話。福里小姐若是聽到這些話，應該會很受傷吧。

但是，先做出比那更過分行為的人，是月愛的父親。

「畢竟，那個孩子早就已經受到許多傷害了。」

我沒有說出是誰造成的。就算不說，他應該也知道吧。這下子伯父對我的印象毫無疑問地降到谷底了。

雖然我不喜歡被人討厭，但就算如此也沒有關係。

如果這是為了守護月愛。

雖說如此，看到伯父無話可說的樣子仍然讓我有點慌張，連忙開口緩頰：

「啊、那個，月愛同學也不是希望伯父不要結婚。如果只是遷入戶籍，我相信她不會反對。她只是希望稍微過一段時間再與您的結婚對象一起住。至少再等一年多……直到月愛高中畢業。」

不知道伯父有沒有聽到我的話，他一直低著頭默默不語。

從廚房傳來切菜聲和月愛奶奶哼歌的聲音。她一定壓根沒有想到客廳裡變成這種狀況。

電視裡正在耍寶的知名搞笑藝人們，看起來宛如另一顆星球的人類。

「…………」

我已經沒有話要說了。

當我忍耐著這地獄般的沉默時，伯父突然站了起來。

「麻煩你今天先請回吧。」

他的臉上顯露出怒意，這是當然的。

「好、好的……不好意思來得這麼突然。」

我搖搖晃晃地站起身。結果沒有說服伯父，只是空惹他生氣。我為自己感到十分難堪。

不過，當我和月愛對上眼神時，她的眼中閃耀著些許光芒。

第四・五章　露娜與妮可的長時電話

「……然後呢，龍斗他超～級帥的～！」

「真假？好意外喔！」

「他對爸爸訓了一頓，好有男子氣概，真的好帥喔！人家到現在心臟還一直猛跳呢～！那就是所謂的駁倒對方嗎？龍斗的腦袋真好。人家覺得『好像哪裡怪怪的？』一直沒辦法認同的地方，他全都對爸爸用話語說出來了。」

「哦～很行嘛。」

「他超級帥喔！人家的男朋友真的是太棒了！」

「呵呵，露娜竟然會說出這種話～」

「咦？」

「妳真的戀愛了呢～」

「嗯……完全陷入戀愛了！人家好喜歡龍斗……」

「那麼，也差不多了吧？」

「差不多什麼？」

「上床。你們還沒做過吧？」

「啊～嗯……這算是『想做』的感覺嗎？」

「啥～？只要露娜『想做』，那就是了吧？」

「人家搞不懂啦～！這是第一次……這種心跳得好快，明明平時都在一起，卻想要更加接近的想法就是那種感覺嗎？」

「哇啊～好煩喔。我現在可是正在跟男朋友保持距離。而且明明是過年，卻連一通拜年的ＬＩＮＥ都沒收到耶。」

「啊～抱歉妮可！」

「沒關係啦。反正我很受其他男生的歡迎。」

「咦？」

「仁志名蓮有傳拜年的ＬＩＮＥ過來喔。上面寫著：『今年和我交往運勢會是大吉！』那什麼籤嘛。」

「不會吧～？原來妳有在跟仁志名同學通ＬＩＮＥ喔？」

「玩生存遊戲的時候，我們不是創了個六人的ＬＩＮＥ群組嗎？他好像就是從那裡找過來的。」

「他超積極的嘛！真意外！」

「人只要戀愛了，果然會改變呢～」

「哈哈哈，妳講得好像別人的事一樣。」

「是別人的事啊。反正跟我沒有關係。」

「……不過戀愛會改變一個人是真的呢。人家也對自己的變化不敢置信。沒想到真的會對男朋友這麼心動。」

「啊～好閃好閃。」

「對不起喔，妮可～～！都是人家在炫耀，妮可也來炫耀嘛？」

「才不要，太空虛了。」

「講點仁志名同學的事也好呀！」

「那傢伙只是普通朋友啦。」

「那麼，就只有人家炫耀囉？抱歉啦！今天的龍斗真的超級帥的～！爸爸最後什麼話都說不出來，實在是超級痛快！」

「好好好。」

「人家好喜歡龍斗喔～！」

「所以結果怎麼樣？妳爸和再婚對象同居的事呢？」

「關於那件事喔。雖然爸爸一開始很生氣，不過龍斗回家之後，他對人家說：『讓我考慮一下。』然後晚上就出門了，可能是去跟女朋友商量吧。而且他還說：『如果妳那麼不願意，明天可以不用跟她見面。』所以明天可以從早上開始玩喔！」

「哦～了解～！那去排１０９的福袋吧？」

「人家要去～！好期待喔！」

開心地如此回答的月愛與笑琉決定好明天的見面地點後，切掉了電話。

接著，她打開手機裡的相簿，注視著今天新年參拜後準備回家時在鳥居前面與龍斗拍的自拍照。

「……謝謝你，龍斗。」

她的臉頰染上紅暈，輕聲地如此低喃。

第五章

月愛的爸爸把和福里小姐的同居時間延後到「月愛高中畢業」。看來福里小姐也對突然和高中生女兒以及岳母四人同住感到不安，因此比想像中更順利地接受了我的請求。

「謝謝你，龍斗！這都是龍斗的功勞喔……」

以視訊通話報告這件事的月愛眼中充滿了淚水。

接著，時間來到第三學期。

當過完了一月，進入二月，被新年假期變得懶散的心終於收回來後，某個對於戀愛中的男女非常重要的活動也隨之來臨。

那就是情人節。

直到去年為止，我都認定這個日子與自己沒有關係，對情人節毫不關心。不過那時的我仍然會暗自盼望當天也許會發生什麼奇蹟，內心忐忑又期待。然而今年可就不同了。

我可以光明正大地表現出心動期待的樣子啦。

「早啊！好期待情人節的約會喔～！」

二月十二日的上午，來到學校的月愛跑到我的座位旁開開心心地向我搭話。

「早安……是啊。」

我一邊在意周圍的視線，一邊低調地露出微笑。

我們決定在情人節時到原宿約會。被月愛問到情人節那天我有什麼想法時，不知道當天該做什麼事的我提議：「去吃巧克力之類的嗎？」於是月愛決定帶我到她中意的店家。

教室裡從早上就瀰漫著一股忐忑浮動的氣氛。乍看之下教室裡的樣子與往常沒什麼不同，然而身為歷年來有過這種「暗自期待」經驗的我還是看得出來。

由於今年的情人節是假日，星期五的今天正是在學校送出巧克力的最佳時機。

在這個準情人節的午休時間，當我們邊緣人三人組一如往常地集合吃午飯時，某種異常的氣氛出現在我們之間。

「……你們兩個，怎麼了？」

不管是阿伊還是阿仁，他們把桌子併過來坐下後，並沒有拿出便當，只是散發出灰暗的氣場。

「阿伊？」

「喂，你昨天看了ＫＥＮ的直播嗎？」

被阿伊這麼問到，我搖了搖頭。

「沒有……昨天在做補習班的作業，沒時間看。我打算週末再看直播存檔。」

「我也是……剛好有事要忙。」

阿仁也這麼回答。

這時，阿伊露出嚴肅的表情，將放在桌上的手握成了拳頭。

「……KEN他啊，好像是法應大學畢業喔。」

「咦？真假？」

說到法應大學，那是在日本人盡皆知、名列前茅的有名私立大學。

「KEN的腦袋有那麼好喔？」

阿仁也吃了一驚。

「不但是前職業玩家、知名YouTuber，還是高學歷人士……這樣的人生未免太作弊了吧。」

「對吧？實在太讓人震驚……連飯都吃不下去了。」

兩人似乎受到不小的打擊，不過我倒是感到釋懷。KEN在聊正經話題時，經常說出很有道理的話。就算在平時的影片中胡鬧時，也會讓人感覺他的腦袋很好。

「可惡……我們也以考上法應大學為目標吧？」

「不可能吧……如果是我們這間高中，上C級大學應該是最合理的。」

「說得也是呢。」

兩人嘆了口氣，露出消沉的表情。他們大概覺得被成天在玩遊戲的KEN背叛了吧。

就在這時，我突然有個疑問。

「話說回來，阿仁你剛才的臉色怎麼那麼灰暗？」

他和我一樣沒有看KEN的直播，理由應該與阿伊不同吧。

「哦……」

我的問題讓阿仁突然變得扭扭捏捏。

「其實喔，我昨天做了點東西……正在煩惱要不要送出去。」

「咦？做東西？」

「送出去？給誰？」

那種模糊的回答讓我和阿伊皺起了眉頭。

阿仁避開我們的視線，害羞地開口說道：

「……就是……巧克力啦……」

「咦，巧克力？」

「阿仁你做了巧克力？為什麼？要給我們吃嗎？」

阿伊一臉呆滯的模樣，我則是立刻明白了。

「……該不會是要送給山名同學？」

當我這麼一問，阿仁立刻露出心虛的表情回頭查看。

「噓……！」

在他視線前方的是與月愛和谷北同學一起吃午餐的山名同學。那邊正在開開心心地聊著天，似乎沒有聽到我們的聲音。

「送給惡鬼辣妹？那就是所謂的男生送女生巧克力嗎？而且你好勤快啊，竟然自己動手做耶～」

阿伊佩服地說著。不知道他之前對阿仁的戀情察覺到什麼程度。畢竟他原本就不太能體會他人的感情，成為參加粉之後似乎更不食人間煙火了。

可能是覺得阿伊這樣子靠不住，阿仁趁著阿伊去上廁所時對我說：

「欸，阿加。我去送巧克力的時候可以陪一下嗎？」

「咦？」

「我自己去會怕啊……拜託了。」

「是、是可以啦……」

阿伊向谷北同學告白的時候也是這樣。為什麼這兩個人要見喜歡的女生時總是想要我同行呢？

說是這麼說，被朋友拜託還是讓人感到開心。所以我答應在阿仁送巧克力時做見證。

時間一下子就來到放學後。

由於今天跟月愛約好要一起回家，我沒有太多時間。

而阿伊則是值日生，必須留下來寫教室日誌。正好讓我匆匆離開教室，在走廊上與阿仁會合。

「我剛才傳了ＬＩＮＥ，跟她說『來走廊這邊』。」

阿仁這麼說著，臉上露出緊張的神色。

過了一會，山名同學獨自來到走廊。她似乎是讀過ＬＩＮＥ才來的，一見到阿仁便馬上走了過來。

我不動聲色地離開阿仁的身邊，移動到聽不見兩人聲音的地點。

山名同學與阿仁交談了兩三句話之後，阿仁遞出手上的東西。那個小包裹裡應該裝著巧克力吧。

山名同學看著阿仁，驚訝地說了什麼話，但還是收下了包裹。

接著，山名同學看起來道了謝，隨即拿著收下的巧克力回到教室。

總之對方肯收下巧克力。阿仁，太好了呢……就在我這麼想的時候。

感覺在視野的角落看到某個熟悉的影子，於是看了過去。

在那裡的是黑瀨同學與谷北同學。

自從月愛與黑瀨同學是雙胞胎的事攤在陽光底下後，黑瀨同學以被月愛拉進去的形式，加入了嗨咖女生們的圈子。尤其是谷北同學與她興趣相投，校外教學又在同一組，雙方迅速變得很親密。下課時間目擊谷北同學與黑瀨同學笑著聊天的日子也變多了。

那兩個人此時躲在走廊柱子旁的凹槽處，偷偷地交談。她們應該是在聊什麼不方便在教室裡提的話題吧……正當我這麼想的時候，谷北同學將一個紙袋塞到黑瀨同學的懷裡。

「人家這輩子就求妳這麼一次，拜託幫幫忙嘛！」

我只聽得到谷北同學的聲音。

谷北同學將兩手舉到面前雙手合十，做出膜拜的姿勢。

「這種事只能拜託瑪莉美樂了～！如果找妮可和露娜，她們一定會取笑人家……所以求求妳啦！」

無可奈何之下接過紙袋的黑瀨同學露出傷腦筋的表情。但或許是受到谷北同學那副走投無路模樣的牽制，她只好怯生生地點頭答應。

「謝謝～！那就麻煩妳了！」

谷北同學的表情亮了起來，隨即像一陣風似的離去。

黑瀨同學被拜託了什麼事呢……正當我遠遠望著那邊時——

我和左顧右盼的黑瀨同學對上了眼神。

雖然我急忙撇開視線，但黑瀨同學卻不知道為什麼走了過來。我感到一陣尷尬，轉身準備離去，然而——

「加島同學……」

黑瀨同學喊了我一聲，她的語氣聽起來十分困擾。

「……有、有什麼事嗎？」

自從與黑瀨同學斷絕朋友關係的那個晚上以來，這是我首次與她單獨對話。其他就只有綜合科目課的小組討論時，有必要才會與她交談。

黑瀨同學以苦惱的表情朝四周看了看，握住我的手說：「過來一下。」隨即邁開腳步。

「咦？什、什麼事……」

「拜託別問那麼多！」

黑瀨同學以一副我從未見過的強硬態度，打開了一間空教室的門。

對面的阿仁則是露出困惑的表情看著我被黑瀨同學帶走。

「黑、黑瀨同學？那個……」

「不是啦，我想拜託你把這個交給伊地知同學。」

黑瀨同學這麼說著，將谷北同學剛才給她的紙袋交給了我。裡頭放的是畫上鮮紅色愛心的盒子。鑑於這個時期，不管誰看到都會認為那是真心巧克力。

「小朱璃說想送巧克力給伊地知同學。但是她堅持不要讓對方知道是她送的。而且巧克力太大，放不進鞋櫃。所以她拜託我『可以幫人家送嗎？』……但是我幾乎沒有和伊地知同學說過話。加島同學你可以幫我送嗎？」

「咦？哦……」

原來如此，是這麼一回事啊。

「我知道了。可以啊，我拿給他。」

阿伊應該會大吃一驚吧。而且他一定不會想到是谷北同學送的。

我一邊期待地想像著阿伊的反應，一邊準備接過紙袋。就在這個時候——

教室的門嘩啦一聲打開，出現在走廊上的是……

「「月愛！」」

我和黑瀨同學同時喊了出來。

「人家問仁志名同學：『有看到龍斗嗎？』他就告訴人家你在這裡……」

這麼說著的月愛看到我們的樣子，皺起了眉頭。

「……你們在這裡做什麼？」

「呃，不、不是啦……」

我感到有點猶豫，該對月愛透漏谷北同學送阿伊巧克力的事嗎？

黑瀨同學大概也有同樣的想法吧。我們不知所措地默默互看一眼。

「……那是巧克力吧？」

見到我和黑瀨同學的反應，月愛的表情變得越來越難看。

我看到她那副模樣，立刻察覺「被她誤會了」。

「啊……呃……這個是呢……」

在黑瀨同學結結巴巴地開口時——

啪！

一個清脆的響聲在除了我們以外沒有其他人的教室裡響起。

剛開始的一瞬間，我還搞不清楚發生了什麼事。

月愛擺出揮出右手的姿勢，肩膀上下起伏地喘著氣。

黑瀨同學朝斜下方歪著頭，一臉茫然。她的左頰紅了起來。

月愛打了黑瀨同學一耳光。

直到此時，我終於明白了狀況。

黑瀨同學手中的紙袋被餘勁震得掉到地上。

「妳為什麼要做這種事？不要再勾引龍斗了。」

月愛看著紙袋這麼說。

她露出我從未見過的無比憤怒的表情。

——月愛雖然很少對朋友生氣，不過她在我面前生氣的時候很可怕喔。

我想起黑瀨同學的話。

眼前的月愛氣沖沖地面對黑瀨同學，展現出純粹的憤怒。

「龍斗是人家的男朋友！絕對不會讓給海愛！」

月愛的眼中泛著淚光，扯開喉嚨高聲宣言。

「海愛每次都這樣。小奇那次也是。」

她不甘心地抿緊嘴唇，直直瞪著黑瀨同學。

「為什麼？海愛妳明明已經擁有那麼多東西。不要再搶人家的東西了。」

聽到這句話，黑瀨同學像被觸動神經似的皺起眉頭。

「啊？妳在亂說什麼？擁有很多東西的是月愛才對吧？」

黑瀨同學現學現賣般的把話頂了回去，連珠炮似的說個不停：

「妳既受歡迎，又有很多朋友。還有爸爸……就是因為月愛受到所有人的寵愛，爸爸才會選擇妳吧。如果我生得像月愛一樣，搞不好爸爸就會愛我了。可是妳卻表現出一副自己擁有的東西全都是理所當然般的態度，真的讓人很生氣！妳知道我有多麼想變成妳嗎？」

「妳在說什麼……」

「月愛從以前就是這個樣子。妳只要做自己就能受到寵愛，所以根本不會顧慮到非得勉強自己才能獲得關注的人在想什麼吧。妳的個性看起來天真爛漫，實際上是強逼別人接受啦。月愛送的星星月亮耳環，不就完全是以妳個人為主題的造型嗎？真的很自戀耶。」

「…………」

月愛微皺眉頭，以受傷般的表情望著黑瀨同學。

被分別多年的妹妹一股腦地朝自己拋出如此直接的真心話，會有這種反應也是無可奈何的事。

「……妳沒有問過媽媽，海愛為什麼跟媽媽住在一起，人家跟爸爸住在一起的理由？」

過了一會，月愛才開口。她臉上的表情十分複雜。

「當然問過啦。她說『這是經過各種考慮後做出的結論』。那不就是大人不敢說真話時最常用的說法嗎？」

黑瀨同學憤憤不平地說著。月愛則是以有口難言的眼神注視著她。

「爸爸有告訴人家喔。我們會變成這樣的理由。」

她平靜地開口說道：

「其實媽媽本來想把我們兩人都帶走。但是當時的媽媽沒有工作。就算回到娘家，外婆也必須忙著照顧外公。她知道只靠爸爸給的贍養費不可能同時養育我們兩人。所以只能選一個人……」

黑瀨同學瞪大眼睛盯著地板，繼續聽月愛說下去。

「不是爸爸選擇了人家，而是媽媽當時選擇了海愛喔。」

「咦……？」

黑瀨同學顫抖著睫毛，望向月愛。

「媽媽對爸爸說：『那個孩子心思細膩，有時候會不敢直接說出自己的想法。必須由身為女性的我這個母親陪在旁邊，才能察覺她的需求。』所以兩人做出了那樣的決定。」

月愛的話讓黑瀨同學雙手摀住了嘴。

「騙人……」

「難道妳一直認為是爸爸沒有選擇自己嗎？……就算如此，妳也應該為能和媽媽在一起感到高興吧。凡事得有所取捨，誰也不可能獲得一切。人家一樣必須放棄某些事物。不過，也因此而得到了某些東西。」

月愛以嚴肅的口吻說著。

月愛腦中想到的一定是她的媽媽，以及讓全家再次住在一起的夢想吧。另外……若是「得到的東西」有包含我在內，我會感到很開心。

「我們還住在一起的時候，無論是人家或海愛，都一樣最喜歡爸爸和媽媽吧？」

月愛如此說著，朝黑瀨同學投出比剛才還溫柔的眼神。

「然而就是因為少掉一方。人家少了媽媽……海愛少了爸爸。失去的那一方在心中的存在感變大，使我們特別喜歡那個人……沒錯吧？至少人家曾經有那樣的時期。」

黑瀨同學聽著月愛的話，默默不語。

「海愛現在還討厭媽媽嗎？」

月愛突然切換成嚴肅的表情，如此詢問。

「妳討厭她的話，就讓給人家吧。」

黑瀨同學隨即露出詫異的神情。

「不要。」

搖著頭的黑瀨同學回答道。

「爸爸是屬於月愛的吧？所以我才不會把媽媽給妳。」

月愛嚴肅地望了黑瀨同學一段時間。

「知道了……人家還是跟爸爸住，海愛跟媽媽住呢。」

她說完後，露出了微笑。

黑瀨同學低著頭對月愛開口表示：

「我也想珍惜自己獲得的事物……畢竟我好不容易才開始以這樣的態度生活。」

不善表達的黑瀨同學結結巴巴地說著。

「所以，我沒有搶走加島同學的打算。」

「咦？可是……」

黑瀨同學指著地上的紙袋，對正想反駁的月愛說：

「妳覺得這是我給加島同學的巧克力嗎？」

「咦……？」

此時，我也窺視了紙袋裡面，才發現——

紙袋裡的盒子被掉落的衝擊力撞開盒蓋。可以看到裡頭放著特大號的心形巧克力，表面以白色和粉紅色的巧克力筆寫著「祐輔最棒惹♡」。

整個巧克力看起來像一支偶像應援扇般，讓人感受到谷北同學的心意有多麼深。這明顯是個彩繪巧克力。

「不會吧……！」

月愛也目擊到了那個，臉上的表情驚訝不已。

「我只是把朋友要送給伊地知同學的巧克力轉交給加島同學而已。」

黑瀨同學平淡地做出說明，月愛的臉色則是越來越蒼白。

「呃……抱、抱歉，海愛……」

就在這時──

啪！

黑瀨同學甩了月愛一個耳光。

「月愛妳這個笨蛋！不清楚情況就擅自誤會！」

在黑瀨同學瞪著月愛大喊，我被一觸即發的場面氣氛嚇到的時候──

黑瀨同學撲進月愛的懷中，抱住了她。

「……！」

月愛張大了眼睛，茫然地接住妹妹的身體。

我回想到聖誕節那天，月愛說過的話。

——人家只是覺得果然沒有辦法完全恢復到像以前一樣。該說是有一層隔閡還是什麼嗎……畢竟我們已經有六年幾乎沒聯絡了。人家對海愛在這段期間的心境或遭遇有太多不知道的地方，而且她也是一樣。

我彷彿能聽到一直擋在兩人之間的那堵隱形牆壁垮掉的聲音。

就在此刻——

兩人終於恢復成了真正的姊妹。

「欸，海愛。妳看這個。」

月愛突然從裙子的口袋裡拿出某個東西給海愛看。

那是月亮與星星造型的耳環。

「這不是星星喔。妳看，這裡不是有線嗎？妳沒注意到？這不是星星，是海星喔。」

我不禁訝異地望向耳環。雖然從我這個位置看不見實際情況，但黑瀨同學也對耳環露出驚訝的神情。

「這不是『月亮與星星』，而是『月亮與海星』的耳環喔。」

月愛對黑瀨同學投以溫柔的眼神。

「月與海……這是以我們為主題的造型耳環喔。所以人家才會希望海愛戴著它。」

聽到這些說明，黑瀨同學的眼中溢出了淚水。

黑瀨同學當場蹲在地上嚎啕大哭，月愛也蹲下去輕柔地撫摸她的頭。

兩人的模樣，恰如一對出生至今片刻未曾分離、從小感情要好融洽的雙胞胎姊妹。

◇

當我隔天週六去補習班的自習室念書時，關家同學來到我的座位旁邊。

「你好久沒有上午來補習班了耶。」

過完年後，關家同學每逢假日就得從早上參加考試。

正當我覺得他的考試成績應該差不多要公布時，只見關家同學愁眉苦臉地撇開視線。

「是啊～因為今天是留給第二次考試的日子嘛。」

「…………」

也就是說，今天應該參加志願大學第二次考試的他，在第一次考試時就落榜了吧。

看他的樣子，似乎不能說進展順利呢。

當天，我和關家同學到外面吃午餐順便轉換心情。地點選在我們常去的連鎖家庭餐廳式的拉麵店。

「……龍斗，你還沒決定好志願學校嗎？」

幾乎把麵吃完後，拿著筷子在碗裡攪來攪去的關家同學，一臉不怎麼有興趣地問著我。

他應該是想努力把注意力從自己的考試上移開吧。

「是、是啊……我還不太清楚自己想走什麼路。」

雖然以前被關家同學提醒的時候稍微思考了一下，但我還沒有決定好任何具體的目標。

「文科？理科？決定好這個之後就會有方向了吧。」

「應該是文科……學系倒是還沒想好。」

「那乾脆把想去的大學所有文科學系都考一遍，考上哪裡就是那裡跟你有緣分。」

「咦，可、可是，既然要上大學，不是應該先考慮清楚未來再做決定嗎……」

我一邊回想黑瀨同學所說的話，一邊這麼說。但這讓關家同學皺起了眉頭。

「你認真過頭啦。不管是上了哪間大學還是哪個學系，都是父母讓你去的吧？既然如此，決定的時候不用考慮那麼多啦～」

「……關家同學為什麼想去醫學系呢？」

我反問回去，吐槽他的說法。關家同學則是微微垂下眼睛回答：

「我老爸是醫生。」

「咦……？」

「他在我家附近開了間耳鼻喉科醫院。雖然是間小醫院，他好像還是希望讓孩子繼承衣缽。而且妹妹對從醫沒興趣，所以繼承家業的責任從小就很自然地落到我的頭上。」

他竟然是醫生的兒子啊……

這讓我稍微想通了。難怪關家同學明明是個花費高額補習費的重考生，在經濟方面卻看不出任何拮据之處。

「關家同學……你好強啊。」

「還好啦，雖然我可能在抽父母的時候抽到大獎，但老爸他……對我會怎麼想呢？」

或許因為考試結果不理想，如此說著的關家同學表情相當消沉。

「我啊，國中升學考的時候考砸了。一直到第三志願全都落榜。老爸對我說與其進安全順位的私校，不如去公立的。所以我才在當地國中就讀。」

那就是他與山名同學相遇的「北中」。

「我這個人的腦袋本來就不怎麼好。小學時也不是資優生。雖然因為國中時的社團活動很努力，才進了還不錯的高中。」

之後的發展我也知道。

「……我不想再讓老爸失望了。所以才這麼努力。可是……我真的考不上嗎……」

「關家同學……」

只有經歷過高中升學考的我，實在沒辦法對一臉消沉喃喃自語的關家同學不負責任地高談闊論。

「不過我很羨慕你喔。我也想像你那樣認真地投入於學習中。」

當我試著換個話題的角度，關家同學微微露出笑容。

「以我的狀況來看，與其說是『想成為醫生』，不如說只是因為有家業而想繼承。如果老爸是公司老闆，我的目標可能是接手公司。」

「咦——！」

「因為那樣比較輕鬆吧？我要說的是世界上有無數種職業，從來沒工作過的年輕人要怎麼在出社會前從中找到自己的天職呢？總之先找個工作來做，如果跟自已不合再另尋出路就好了吧？這個時代的人可是能活到上百歲喔？」

雖然我覺得關家同學說得沒有錯，但我又「嗯……」地低頭沉思。

「我明白龍斗希望謹慎一點的想法。畢竟你這個人很認真。但我認為人生可以過得更隨便一點喔。像我這樣只因為老爸是醫生就選擇當醫生——用這種態度來決定志願學校應該沒什麼不好吧。因為，人若是沒有目標，不就無法產生動力嗎？你已經決定要上大學了吧？」

看到我點頭的樣子，關家同學短暫地陷入了沉默。

「……其實我還在學的時候曾對未來的方向感到迷惘。雖然夢想是當醫生，但從現實的角度來看，我對自己能否考上很不安。有部分原因是玩太凶了，結果沒做什麼應對考試的計畫……若是從高中時就開始準備，就算變成重考生，我想應該會比較輕鬆吧。」

他這麼說著，筆直地望著桌子對面的我。

「我是希望你不要遇到這種後悔，才會要你早點做好決定。然後呢，定個稍微困難的目標。反正還有一年的時間，這麼做比較容易讓你得到超出實力的進步程度。我也是一樣。如果沒有以醫學系為目標，我絕對不會這麼用功讀書。」

我突然有種感覺。或許就是因為關家同學處於這種幾乎每天都在考試的局面，他才能細細反芻那些後悔。

「可、可是我對大學還不夠熟悉……」

我認為志願學校的挑選，應該是參觀過各間大學的校區，收集資料進行比較分析，並且納入未來展望後再做決定。當然，還得考量到模擬考的成績。所以關家同學要我立刻決定第一志願的氣勢讓我感到畏縮。

「志願動機那種東西是靈光一閃才會出現啦。和戀愛一樣。喜歡上別人這種事不可能是經過很多考慮後才發生吧？大學也是如此。像名字很帥氣啦，或是喜歡的偶像上的學校。因為那種隨便的理由而憧憬某間學校沒有問題啦。畢竟主要是為了讓你定下目標，朝個那個方向開始努力。」

聽到這段話的瞬間，我的心裡閃過一間大學的名字。

——ＫＥＮ他啊，好像是法應大學畢業喔。

「……………」

心臟激動地跳動。

我可以……可以這樣決定目標嗎？

但是，如果我進了法應大學。

在找工作的時候，應該不會因為出身大學而陷入不利的狀況吧。往後的人生將會……

我彷彿看到了幻象，眼前瞬間展開了一整片通往未來的無限可能。

「……………」

這個目標可行嗎?以我們學校的實力，每年只有約五人考上A級以上的大學。

我有辦法擠入這五個人之中嗎?

「雖然近年來號稱學歷並無法帶來多大的優勢，而且現在是連當太空人也不必看學歷的時代。然而出身大學的名字就是你的努力證明。即使是看過一遍課本就能記下所有內容的天才。如果這樣的人從來沒看過課本，也不可能考上任何大學喔。」

關家同學講得很起勁。這可能是他平時用來激勵自己的論點吧。

「既然如此，你不會想讓未來的自己拿到只有此刻的自己經過努力後才能取得的優秀證明嗎?我認為你是個可以努力的人，才這麼講喔。」

「你好激動喔，關家同學。」

我之所以不小心開了點玩笑，是因為在這種語氣下跟他聊天讓我感到有點不好意思。

「一整年裡每天讀十三個小時的書，就會讓人想東想西嘛。」

關家同學也配合我用開玩笑的語氣回答，隨後他又恢復了冷靜的表情。

「講認真的。每次看到你，都會讓我想起國中時代的自己。」

「……聽佛經的那個時代嗎?」

「哇啊，你這句話很嗆喔。」

關家同學笑了一下，將視線落在桌子上。

「太守規矩又不知變通……見識過社會之後，每當想起當時的自己都會讓我冷汗直流呢……所以我無法放著你不管。」

看著笑得有些尷尬的關家同學，總覺得我也感到不好意思起來。

「謝謝你……我會當作參考。」

我只能這麼說著，微微低頭致謝。

在中午的拉麵店裡，無論吧檯或一般座位上的客人都是絡繹不絕。就算這是一間家庭餐廳式的店，也不方便待太久。於是早就吃完麵的我們邊喝水邊匆忙地準備離席。

就在這個時候——

「咦？那個……」

我在關家同學放在椅子上的書包裡看到一個明顯是禮物的包裝盒。從那個盒子的厚度與深棕色的包裝紙來看……裡頭裝的八成是巧克力吧。雖然沒辦法從包裝判斷是市售的商品還是親手製作的。

「是情人節禮物嗎？」

真不愧是有女人緣的男人……連在補習班都能收到巧克力嗎——正當我大吃一驚時，關家同學看了看巧克力，若無其事地表示：

「啊，那是今天早上山名送我的。」

「咦？你見到她了嗎？」

「她好像一直在車站等我。當我走過去的時候她從對面走過來，擦身而過時什麼話也沒說就把這個交到我的手上。難道她是毒販嗎？」

關家同學這麼說道，臉上像想起那個畫面似的笑了出來。

山名同學……她竟然不惜做到那種程度，也要把巧克力送給關家同學。

「……你打算聯絡她嗎？」

「是啊～至少得道個謝才行嘛。」

看著邊微笑邊回答的關家同學，我也自然地綻放出笑容。

「祝你能趕快向山名同學報告好消息。」

「是啊……我真的那麼希望。」

或許是我這句由衷的祝福傳達到了他的心裡，關家同學開心地露出害羞的表情。

當我看到那個微笑——

雖然對阿仁感到抱歉，但我果然希望由關家同學為山名同學帶來幸福。

當天從補習班回家的路上，在晚上十點到了K站的我碰巧在車站前遇到了黑瀨同學。

「啊……」

黑瀨同學對吃驚的我露出了微笑。

「剛從自習室回家？」

「是啊，嗯……」

「這樣啊，我也是。沒注意到你也在呢。」

黑瀨同學說完話，便搖曳美麗的黑髮轉身離去。

「再見啦。」

「嗯……路上小心喔。」

我想起之前色狼的事情，對她提醒了一聲。黑瀨同學則是稍微回過頭朝我微笑。

「沒問題。我今天騎腳踏車。」

「這樣啊……但妳還是要多注意喔。」

畢竟騎腳踏車不代表不會遇到色狼。

聽到我這麼說，她停下腳步轉過身來。

「沒問題！我有這個。」

她說著便從書包裡拿出了防身警報器與一小罐噴霧。應該是防身用的催淚噴霧吧。

「媽媽在那之後買給我的。所以你不必擔心。」

「……這樣啊。」

看到她的笑容，我也帶著微笑邁開步伐。

「再見啦。」

「嗯，再見。」

我以眼角餘光目送走向腳踏車停車場的黑瀨同學，同時在心中祈禱——

但願她未來的人生既幸福又美滿。

◇

隔天週日，情人節當天，我和月愛在原宿。

「不過喔，那個時候伊地知同學實在太好玩了～！他完全不相信會有女孩子送他巧克力耶。」

「他還說：『你們在整人吧？這是阿加做的嗎？』我哪有閒到做那種事的時間啊。」

我和月愛在聊的是週五時，我將谷北同學親手做的巧克力交給阿伊後他的反應。

「呵呵……那是小朱送的吧？」

「不、不清楚耶……我什麼都不知道。」

「只可能是小朱啦！只有她會做那種巧克力。」

月愛哈哈笑著，喝了口手邊的巧克力飲料。

我們來到月愛喜歡的巧克力店所附設的咖啡廳。雖然我連以手寫體寫成的店名「Lindt」該怎麼唸都不會，不過木紋的店內裝潢給人沉穩的感覺，充滿了無比的時尚感。

下午的明亮陽光透過面對大馬路的窗戶照進了二樓的室內。我們在表參道的速食店吃過午餐後，便為了品嚐巧克力而來到這間店。

「他現在還會認為是整人嗎～？」

「但他最後看起來有點開心喔。可能是他本人想老實地相信，但為了避免被騙的時候不那麼受傷而先做好防護措施吧。」

「這樣啊～難道這是他第一次收到女孩子的巧克力嗎？」

「當然是第一次啦！我也是第一次。」

說到這裡，我發現自己這句話是以等一下能收到巧克力為前提，不禁羞恥地縮起脖子。

月愛對這樣的我微微一笑。

「人家會給你啦～！放心吧。」

她手上拎著一個小紙袋。我從今天在車站遇到她時，就對她手上的那個東西在意得不得了，只是一直裝成自己不在意的樣子。

「給你，情人節快樂！」

接著月愛將紙袋遞給我，露出了微笑。

「謝、謝謝……」

這是我有生以來第一次從女孩子那邊收到的真心巧克力。

而且還是我最喜歡的女朋友送的……

沒想到會有這天的到來……我沉浸在感動中，胸口熱了起來。

「可以打開嗎？」

「嗯，請便～！」

紙袋裡的是一個以紅色蝴蝶結綁起來的巧克力色盒子。我以感激過度幾乎要發抖的手解開蝴蝶結，打開了蓋子。

出現在裡頭的是一份小巧的巧克力蛋糕。表面以糖粉畫出的愛心既可愛，又讓人感到害羞。我開心地不知所措。

「看起來好好吃……謝謝。」

「這叫法式巧克力蛋糕！是昨天海愛在她家裡教人家的。我們用海愛去補習班前的時間練習。」

「原來是這樣啊。」

「我們一起吃了試做的蛋糕，真的超級好吃。所以你可以放心地吃喔～！」

「嗯，我會吃得很用心。」

我將無法綁回原樣的蝴蝶結擺在盒子上放回紙袋，帶著雀躍的心情喝了口手邊的飲料。

因為月愛的推薦而買的這杯巧克力冷飲在杯子的內側畫著宛如融化巧克力的圖案，十分漂亮。在味道方面，飲料充滿濃郁的巧克力香氣，非常好喝。

「……這樣啊。龍斗是第一次收到巧克力啊。」

月愛突然望向自己的飲料，細細地低喃著。

「人家也是第一次親手做巧克力送給男朋友喔。」

「是喔？」

這真讓人開心……當我這麼想的時候，月愛的嘴唇離開了吸管。

「不過人家有時候也在懷疑龍斗是不是真的期待收到這樣的東西。而且感覺很麻煩，萬一做得不好也會讓人喪氣。」

「但妳這次還是做了呀？」

月愛對著開心泛出笑容的我溫柔一笑。

「人家想做給龍斗嘛。而且龍斗每次都對人家親手做的東西感到高興。」

「嗯……謝謝妳，月愛。」

聽到我這麼鄭重的道謝，月愛的臉一下子就紅起來了。

「不客氣……」

真是一段幸福的時光。

如果幸福有味道，那一定是巧克力所散發出的芬芳吧。

因為此時此刻，我們兩人之間充滿了甘甜怡人的空氣，才會讓我有這樣的想法。

在這股氣氛中，月愛突然露出有點坐不住的表情。

「欸欸，人家想問你一件事。」

「咦，什麼事？」

我猜不到她想問什麼，也完全想不出自己有什麼虧心事可以問，於是疑惑地回望月愛的眼睛。

然後，月愛避開我的視線，有點尷尬地嘟著嘴。

「……龍斗你會看大人看的影片嗎？」

「大人看的？」

「嗯。」

「呃，像哪些？戰爭電影之類的嗎？」

「啊～不是啦，人家說的不是那種……應該說是色情類的？」

「色、色情？呃、這個嘛……妳、妳說的難道是，成、成人片？」

我不知所措地問著，月愛則是點了點頭。

「為、為什麼這麼問？」

「你就回答嘛～會看嗎？還是不會看？」

「呃……！」

由於月愛焦急地又問了一次，讓我有種不得不回答的壓力。

「……會、會看。」

當我一回答，月愛的眼神就亮了起來。

「你喜歡看哪種的？」

「咦？」

難、難道她想知道偏好類型？

說到底，她問這些問題的意圖是什麼？是為了確認我不是變態，而是性趣正常的男人，好讓自己可以安心嗎？

不管如何，我只能做出最安全的回答。

「女、女高中生之類的……？」

一個男高中生喜歡看女高中生題材的色情片是很普通的事吧？嗯，很普通。

我在腦中自問自答了幾次之後，做出了這個回答。

「哦～？」

月愛眨了眨眼睛。

「你喜歡女高中生嗎？」

「咦……」

我困惑地開口說：

「不是啦，月愛不就是女高中生嗎……？」

「咦。」

這次換月愛露出一副愣住的臉，害我慌了手腳。

「啊，我、我沒有把那些人當成月愛啦……！」

「沒有嗎？」

看到這麼說的月愛露出失落的表情，我更加慌張了。

「咦？咦？呃，那個……不是啦……」

月愛仍然一臉失落的模樣。

「……可能有吧。」

「真的？」

我的回答讓月愛的表情瞬間開朗了起來。

「…………」

這、這到底是怎麼回事？

「欸，所以你對人家有色色的幻想嗎？」

「咦？」

「說嘛，有沒有嘛？」

「……是、是有啦……」

有太多啦。而且……次數多到我說不出口。

「是這樣嗎！龍斗你平時完全沒有給人那種感覺耶！」

「咦……！」

不如說，若是有哪個男人平時臉上寫著「我一直在幻想色色的事情」，那很不正常吧。

「說嘛，你都有哪些幻想？幻想中的人家是什麼樣子的？」

「咦，等一下，呃……」

「欸～！說說又沒關係！告訴人家嘛～！」

「哎呀，這有點不太好……」

「沒關係啦～！說嘛～！」

這時一個清喉嚨的聲音讓我們停下了動作。只見獨自坐在隔壁座位的大姊姊臉上掛著不悅的表情將視線落在書本上。

看來我們有點太吵了。而且聊的還是猥褻話題……實在不適合店裡的氣氛。

我們對自己的不當舉動感到反省，拿著才剛開始喝的飲料離開店裡。

回到大街上時，整條表參道的人行道都擠滿了人。

月愛一邊欣賞各間時髦商店的櫥窗，一邊帶著彷彿要哼出歌的表情走在路上。

今天的月愛穿著袖子特別長的鬆垮毛衣，外面披著白色短羽絨衣。下半身則是緊身迷你裙搭長靴的打扮。那種特別長的袖子真的非常可愛。一想到接下來能看見這種打扮的時間已經不多，我就對即將過去的季節感到依依不捨。

「人家最近呀，常常有種感覺，應該是叫獲得解放的感覺吧？」

在這股清冷的空氣中，月愛以爽朗的口氣說著。

「知道爸爸想再婚的打算，『天生一對作戰』失敗……雖然打擊很大，但感覺內心似乎輕鬆多了。人家已經徹底看開，不可能再回到那個時候了。」

我們混在人群中，走在大街上。乾冷的風輕輕拂過了臉頰。

「就算如此，也不代表家人就這麼不見了。只要人家自己重視與爸爸、媽媽、姊姊，還有海愛……各自的關係，能和他們有所聯繫……家人之間的情誼就一定能延續下去。就像那個時候一樣。」

說著這些話的月愛眼中，充滿了生氣蓬勃的光輝。

「變得自由了，人家，終於脫離『想要回到那個時候』的想法。」

月愛這麼說著，將沒有拿飲料的那隻手高高舉向天空。讓無名指上的白色石頭反射和煦的陽光，連同耳環一起燦爛生輝。

隔著月愛纖細的手指與高聳的櫸樹枝條，對面是一整片平靜的藍天。

「人絕對不可能回到過去。人家感覺自己終於能接受這件事了。」

凝視著天空的月愛，她的側臉散發出堅強的意志。

一隻飛鳥飛過她所仰望著的天空。

「人家不會再巴望著碰不到的天空，只會往前看。因為人家不是鳥兒。若是一味憧憬去不了的地方，就沒辦法按照自己的方式生活呢。」

月愛說完，看向我並笑了笑。

那是一張很有月愛的風格，宛如初夏太陽的笑臉。

「好啦～從今以後努力朝未來前進吧～！」

月愛開朗地說著，加快了腳步。

冬天落完葉子的行道樹上一絲綠意也沒有。不過，我們都知道樹上的枝條裡待著無數的新芽。

在月愛的心裡，此刻一定也產生著某種巨大的變化吧。

「海愛說她想當漫畫的編輯。人家也得找尋專屬於自己的夢想了。雖然進度稍微比其他人晚了點……不知道人家做不做得到呢？」

「辦得到。月愛一定可以辦到。」

我奮力地對不安的她點頭。

「……月愛，我也有話想對妳說。」

其實我本來還不打算說的。但是看到這樣的她，我就感覺不得不說出口。

「我……打算以法應大學為目標。」

我的表白讓月愛張大了眼睛。

「咦，法應……是那間？那不是頭腦超級好的人上的學校嗎！」

「唔、嗯……」

「咦，好猛！這也太厲害了吧？」

「沒、沒有啦，只是當目標的話誰都可以……我接下來會努力讓自己考上。」

她那種超出想像的反應讓我有點畏縮，不過月愛單手用力地揮著拳頭。

「龍斗一定能考上！畢竟龍斗的腦袋很好嘛！」

「……謝謝妳，月愛。」

聽到月愛這麼說，我感覺自己好像真的能錄取。

「我們一起努力吧～！人家會拚命為龍斗加油！」

順著氣勢說出這種話的她，不知道為什麼突然露出想到什麼的表情，浮現溫柔的微笑。

「……嗯。只要是龍斗的事，人家都會衷心地支持。」

她這次一字一句地說著，彷彿在細細品味自己話中的感情。

「謝謝妳，月愛。」

我感覺心中多了股勇氣，也回了月愛一個笑容。

「我也會支持月愛喔。」

我們對彼此說著並相視而笑。

「我們是對方的啦啦隊呢。」

「是啊。」

無論在什麼時候，無論在什麼地點，我想永遠當妳的好夥伴。

與如此心意相通的對象邂逅，是我擁有的人生財產。

無論妳打算選擇什麼樣的未來，我都會支持妳。

然後，讓我們像這樣相視而笑。

讓這樣的笑容永遠可以持續下去吧。

◇

之後我陪著月愛逛街，一路走到了澀谷。

現在還是白天較短的季節，我們走著走著不知不覺間太陽已沉入地平線，四周瀰漫著夜晚的氣氛。

「哇啊，好漂亮～！」

當我們經過某間複合式購物商場的前面時，月愛看著燈光裝飾如此喊著。

「這裡的燈飾還沒收掉耶！我們去看看吧～！」

「好啊。」

於是我們走進了購物商場。

燈飾一直延續到商場通道的中間。當我們走到半路，從扶手往下面樓層望去，看到那邊有著更加光鮮亮麗的燈光裝飾。許多被燈泡點綴得五彩繽紛、光芒閃耀的植栽，圍繞著開在那邊的餐廳所附設的露天座。由於看習慣了街上這陣子流行的偏白色ＬＥＤ燈，這種統一為橘色的照明反而營造出奢華又復古的氣氛。

「哇，好漂亮！要是坐在那邊，就像在貴賓席上呢～！」

月愛望著樓下大聲說道。

餐廳有著看起來很高級的法式裝潢，露天座上的全都是舉止穩重的成年顧客。

「真好～人家以後想去那種店裡約會～」

「是啊，等長大後吧。」

等長大後……

這個冬天，我已經嚐遍了明白自己還不是大人的苦澀滋味。

往後，當我成為能抬頭挺胸地和月愛在那間店裡用餐的真正大人時──

到時候的我們，對此刻的這兩個人會懷有何種色彩的回憶呢？

如果可以，我希望那會是像這些燈光裝飾，綻放色彩溫暖的光芒。

為了這個目標，我不想讓自己後悔。

──龍斗一定辦得到！畢竟龍斗的腦袋很好嘛！

我在心中反芻著月愛的話，感到身體的深處彷彿湧現出一股力量。

「……不知道為什麼。雖然人家經常來澀谷，每年也都能看到這樣的燈飾。」

月愛望著燈光喃喃低語，將頭靠在我的肩膀上。

「但今天看到的這些，人家覺得是最美的。」

她的眼神像沉浸在情緒中。月愛說完這句話，抬起頭望向我。

「是因為待在龍斗的身邊嗎？」

那泛紅的臉頰，是因為這刺骨的寒意造成的嗎？

她抬起眼睛對我露出的微笑，看起來比平時還要可愛。

月愛呼出的白色氣息，以及握在我的手中、彷彿融在一起的溫度，一切都是那麼地惹人憐愛。

雖然我其實有一點點不喜歡寒冷的季節。

但我暗自期望著，希望冬天能稍微延長一點時間。

春回大地的日子，已經不遠了。

第五・五章　黑瀨海愛的祕密日記

昨天，月愛來到我家做點心。

應該是要練習製作送給加島同學的情人節禮物吧。

雖然我對此不是沒有複雜的感覺，但更重要的是與月愛一起做點心、享用點心的時光讓我感到很快樂。

我終於和月愛恢復到過去的關係了。

我什麼都沒有做。

是月愛開拓出我們的嶄新道路。

而在月愛背後推她一把的人……應該是加島同學。

我很清楚，一定是這樣。

我這一生肯定會永遠羨慕著月愛吧。因為她擁有我沒有的東西。

現在回想起來，從懂事的那一刻開始，我就一直很憧憬月愛。

邊懷抱憧憬，邊待在她的身邊。

因為我最喜歡月愛了。

那就是我們最自然的相處方式。

我感覺彷彿重新見到了那個時候的自己。

而且，我知道了月愛也有羨慕我的地方。

我的人生並非毫無價值。

為什麼會覺得自己什麼都沒有呢？

我有夢想。

有T女的朋友們。

家裡有媽媽、外公和外婆。

而且我重新和月愛成為了姊妹。

還交到了小朱璃她們那些新朋友。

我的人生絕非一無所有，也不孤單。

它充滿了豐饒的光輝。

而我察覺到這點，一定是因為取回了名為月愛的這對翅膀。

被月愛帶著，從高處觀察到的自己，並不是那麼不幸的存在。

謝謝你，加島同學。

我現在終於想起幸福的觸感了。

Diary

尾聲

在那之後，我們在月愛的希望之下回到原宿，前往月愛常去的拍貼機店。

螢光燈與拍貼機透出的亮光將位於地下的整間店照得比白晝還亮。拍貼機的塑膠布簾上印刷著充滿流行感的女性們的照片。成排的機台擺滿了縱長的樓層，看起來相當有震撼力。

這裡的顧客主要是以十幾歲到大學生年紀的年輕人為中心。某些機種的外頭排了長長的人龍。雖然偶爾可見成對的情侶，不過女性占了壓倒性的多數。

「…………」

我第一次來這種地方。若是沒有和月愛交往，我可能到死都不會踏進這種店。

「要選哪台好呢～如果要和男朋友一起拍，應該找不會修得太誇張，自然一點的比較好吧～」

月愛一邊走在店裡，一邊品評各台拍貼機。雖然我完全搞不懂有什麼不同，不過月愛似乎明白了什麼似的說：「嗯，就選這台吧～！」便排進某台機器外的隊伍。

隊伍很快地輪到我們。首先在外面的螢幕選擇人數與背景。上面有著無數的配色與畫面設計，但在我眼中看起來都差不多，不知從何選起。不過月愛倒是動作迅速地以觸控筆操作選擇。

「嗯，好了！走吧，龍斗！」

「好，好的……」

月愛勾著我的手，鑽過塑膠布簾進入裡頭的攝影間。

布簾的反面是一片白色，當我還在恍神時攝影立刻就開始了。

「龍斗也來擺姿勢吧～！」

「咦？」

「總之只要照著示範做就行了～！」

「啊？」

我定睛一看，前方的螢幕上正顯示著拍照的範例姿勢。

「再靠前面一點！」

「咦？」

「等一下，太近啦～畫面會被切掉！」

「咦？」

「快點快點！」

當我還在慌張時，機器已經開始「三、二、一……」地倒數，然後打出閃光燈。

緊接著輪到下一個動作。

「來吧，龍斗也把手伸出來。」

聽到月愛這麼說，我望向了螢幕。上面的示範動作是兩個人各伸出一隻手，在中間合併成一個愛心。

太、太羞恥了……！

「龍斗～快點嘛～」

攝影間的空間很小。棚內充滿了月愛的氣味。我眼前的女朋友正低頭抬起眼睛，遞出了一隻手。

「……是、是這樣嗎……」

我畏畏縮縮地向月愛伸出手，兩人的指尖貼在一起。

心跳好快，我現在的表情一定很奇怪。

反覆經過幾次這樣的程序後，終於把大頭貼拍完了。這時的我在各種意義上完全被消耗殆盡。

「好厲害……」

世界上的女孩子們都在做這種事嗎？

話說回來，那些人明明不是模特兒，真虧她們能不怕羞地接連擺出那些姿勢啊……
我感到半是佩服，半是驚訝，臉上充滿呆滯的表情。旁邊的月愛則是在塗鴉欄位上以驚人的氣勢滑著觸控筆。
「欸～這隻熊好可愛！給龍斗吧～！人家用貓咪吧～！啊，感覺超棒的！」
月愛一邊在嘴裡快速地自言自語，一邊為每張照片加上貼圖與畫上塗鴉。那種以觸控筆振筆疾書的犀利模樣簡直像某種新式的駭客。越看越讓人覺得帥氣。
「…………」
是辣妹啊……這就是如假包換的正牌辣妹啊……至今為止到底要拍幾十張大頭貼，才能做出這種宛如專家般的洗練動作呢？
當我再次對月愛的嗨咖度感到畏懼戰慄時——
「弄好了～！」
月愛按下結束鍵，完成了我人生中第一張大頭貼。
「哇，很不錯嘛！有修過喔～！」
月愛看著印刷出來的貼紙，聲音聽起來很開心。
「龍斗也好可愛～！」
我看了看，大頭貼裡的我，輪廓比從鏡子上看到的自身臉蛋還要修長，嘴唇有點紅潤，眼睛也變大了。整體的氣氛看起來很像女孩子，讓我感到害羞不已。

相較於我，月愛則是可愛得無人能比。表情也與各種姿勢十分相配，宛如用電腦製作的無瑕美少女。

我不太喜歡拍貼機加工過的女孩子照片，因為看起來不自然。不過若是由真正長相可愛的女孩子來拍，就能拍出脫離俗世般的可愛呢。但就算如此，我還是比較喜歡實際的月愛。

「……不錯喔……」

說完這句話後，我因為不知道該怎麼評論而陷入沉默。月愛突然顧慮到我似的看過來。

「……怎麼樣，龍斗？還是沒辦法接受大頭貼嗎？啊，有押韻耶（註：沒辦法接受（ムリ）與大頭貼（プリ）的尾音相同），得給妮可審查。」

月愛輕笑了一聲，隨即恢復認真的表情。

「之前不是說過嗎？人家是辣妹，辣妹會做的事大概都想做。但那大多是龍斗不會有興趣的事，所以一直覺得強迫你配合人家也不太好。」

月愛帶著煩惱的表情，抿起了嘴。

「但人家就是這樣的人……其實人家早就想找你拍大頭貼了……但是擔心龍斗不喜歡這類事物，所以一直忍耐……果然會反感嗎？」

我想起月愛以前……在校慶前說過的話。

——龍斗你以後也許會受不了喔。人家是辣妹，辣妹會做的事大概都想做。

「…………」

所謂辣妹會做的事，原來就是指這回事嗎？

感覺藏在我內心深處那一點點的疑問瞬間冰消瓦解。

「……不會，沒問題喔。我只是第一次接觸，有點驚訝而已。拍大頭貼還滿有趣呢。」

聽到我這麼一說，月愛張大了眼睛。

「咦，真的嗎？」

「嗯。」

「那麼，以後約會時要是看到感覺不錯的拍貼機，可以和人家一起拍情侶大頭貼嗎？」

「嗯……如果妳不嫌棄跟我拍的話。」

「當然不會嫌棄啦！」

月愛對缺乏自信的我展現出特別燦爛的笑容。

「人家的情侶大頭貼只找龍斗一起拍喔。從今以後，永遠都是這樣。」

月愛臉上泛起微微的紅暈，害羞地注視著我。

「所以，人家想和龍斗一起拍喔。」

「月愛……」

我的胸口熱了起來，一股想抱緊那纖細身軀的衝動湧上心頭。

「嗯……讓我們盡情拍吧。」

我情不自禁地這麼回答。

月愛的表情亮了起來。

「真的嗎！那就趕快再來拍一張吧！」

「咦？唔，好……」

我自己都說可以拍了，如今已經沒有拒絕的選擇。

「下一張要選哪台好呢……啊，對了！」

走回店裡挑選機台的月愛突然在商店的正中央停下腳步。

「欸欸，龍斗你喜歡角色扮演嗎？」

「咦？」

仔細一看，牆壁上貼著「角色扮演服裝免費出借」的海報。似乎是給拍大頭貼的人使用的借出服務。

「還、還好啦……也不算特別有興趣……」

由於剛才的問題已經有可能害我被當成變態了，這下子更不能露出馬腳。因此我謹慎地做出回答。

「咦～？可是你不是盯著海愛的角色扮演照片看嗎？」

月愛噘起了嘴，似乎對我的反應很不開心。

她指的是黑瀨同學在導覽手冊組開會時，拿自己的角色扮演照片給我看的事吧。

「盯著……沒有啦，因為那是我認識的角色嘛。」

「哦～？那就當成是那麼一回事吧？」

月愛不滿意地說著，隨即似乎想起了什麼事，發出「啊」的一聲。

「說到海愛，昨天她給人家看了ＫＥＮ的影片喔～！就是有伊地知同學出場的那集。」

「咦，真假？」

「好厲害喔～竟然可以在遊戲裡建出那樣的城堡。伊地知同學好有才能呢～」

因為月愛看起來一臉欽佩的樣子，讓深知阿伊建築能力有多高強的我也不免有些嘔氣。

「……還好啦，有辦法做出更厲害的東西的粉絲多得是。」

月愛睜著眼睛望著有點鬧彆扭的我。

「啊～難道說，你嫉妒了？」

不知道為什麼，她的表情看起來很開心。

「咦，我、我哪有……！」

當我注意到自己的反應很幼稚，羞恥心才姍姍來遲。

看著一臉狼狽的我，月愛笑了出來。

「呵呵，這樣我們就扯平了呢！」

「…………」

雖然我有點不甘心，但似乎就是這麼回事。

「所以，實際上是怎樣？你喜歡角色扮演嗎？」

「實際上呢……」

這下子只能老實說了，我紅著臉開口回答：

「雖然我沒有特別喜歡角色扮演……但是對喜歡的女孩子的角色扮演……很有興趣。」

「那就是說……」

「……我超級想看月愛的角色扮演。」

當面紅耳赤的我一說完，月愛的臉頰就瞬間漲紅。

「……討厭啦……龍斗的這種地方真的太犯規了！」

臉紅紅的她似乎有點生氣地說著。

這樣的月愛實在好可愛。

「那麼，你想看到人家扮什麼呢？」

「咦？我想想……」

月愛提出這樣的問題，於是我們開始挑選月愛的角色扮演服裝。

我們兩人翻閱了向店員借來的服裝相簿。

「最一般的～像警察或護士嗎？選制服的話就跟平時沒兩樣呢～」

「這個嘛……」

我非常猶豫。

老實說，我全部都想看。很想讓她每套都穿一遍。我完全沒想到自己竟然對角色扮演有這麼強烈的喜好。

原因應該就在於對象是月愛，我認為如果是月愛，不管穿什麼都很好看。

雖說如此，還是得做出選擇才行。只能選一套。如果要我選出最想看的服裝……

「……呃……」

我感覺得出自己因為太過羞恥，整張臉紅到了耳根。

「這套……好像不錯……」

我指著的，是女僕裝。那是一套結合黑色連身迷你裙、白色荷葉邊圍裙與過膝襪，不折不扣的女僕裝。

太宅啦～！

我自己也知道，這個選擇飄出了滿滿的處男阿宅味。

但我最想看這套嘛。反正不管怎麼選都可能會被懷疑有某種癖好，就算我想裝清高選別的衣服也沒有意義。

「啊～果然如此！」

月愛的表情瞬間為之一亮。

「人家就知道龍斗會這麼說～！」

「咦？」

「因為你曾經建議人家去蛋糕店打工對吧？那種店的制服給人的印象就是有輕飄飄荷葉邊的圍裙吧？那不就很接近女僕裝嗎？」

「啊……」

這讓我回想起與月愛交往沒多久時的對話。

——我只是在想白河同學似乎很適合蛋糕店的制服。

「…………」

原來我從那麼前期就暴露了性癖啊……現在才想掩飾已經太晚了。

「真虧妳還記得呢……」

那明明只是很久以前閒聊時的某句話。

「當然記得啦～」

月愛笑了。

「人家在人生中可是第一次交到龍斗這種男性朋友，好奇想著：『你是什麼樣的人呢？』所以龍斗說過的話和做過的事，人家都仔細地一一蒐集起來放在心裡。」

看到她垂著眼簾，露出幸福的微笑。我的心中再次湧出一股暖流。

我為想東想西的自己感到有點羞恥。

月愛願意接納我這個阿宅處男的癖好。

也就是說，剛才在咖啡廳的問題……並不是用來檢查我的變態程度……而是想要多了解我一點嗎？

可是，她又為什麼突然開始蒐集情色方面的情報呢？

我到現在幾乎沒有和月愛聊過那方面的話題。雖然她的經驗比我豐富，但我認為她屬於對那類行為不怎麼感興趣的類型。

這樣的她之所以突然有如此劇烈的變化，代表了什麼意義呢……當我思考到這裡。

「…………」

我的心跳速度突然加快。

雖然這可能只是我的一廂情願……

差不多了吧？

是時候了嗎？

月愛……她也開始覺得能和我上床了？

「那麼～人家就去換衣服囉！」

從店員手中收下女僕裝的月愛帶著笑容消失在試衣間裡。

當我迫不及待地等了幾分鐘後，拉開簾子走出來的她……

「鏘鏘～！」

「哦哦……！」

我不禁跳了起來。

穿著女僕裝的月愛實在太神了。

幾乎要撐破的胸口！

被圍裙綁帶突顯的細腰！

修長又不失肉感的大腿絕對領域！

還有……

「怎麼樣～？合適嗎？」

月愛指著頭，朝我微微一笑。

她頭上戴的是粉紅色的兔耳朵。

「人家沒有戴衣服附的頭飾，換成了這個！看起來很可愛吧？」

月愛模仿兔子將手握成拳頭，擺出非常可愛的姿勢。

砰！一陣宛如心臟被大口徑左輪手槍打穿的心動感衝擊了我。

「好了，就這樣去拍大頭貼吧～♡」

月愛勾起我的手臂，英姿煥發地走向拍貼機。

於是我和兔子女僕月愛鑽進了攝影間。

好可愛，太可愛了。

攝影螢幕上映出的月愛讓我心動不已。

與此同時，機器像剛才一樣，令人眼花撩亂地進行攝影程序。

「三、二、一……」

「龍斗！」在機器開始倒數計時的時候，月愛突然對我喊了一聲。

「嗯？」

我一邊注意著快門，一邊將頭轉向月愛。

月愛的臉就在我的眼前……

她的嘴唇輕輕地貼了上來。

「……！」

正當我訝異地愣在原地時，她的嘴唇已經離開，照片也拍好了。

我們接吻了。

在這被塑膠布簾覆蓋，只有兩人的狹小空間裡。我和兔子女僕月愛……

……接吻的那一刻被拍了下來。

一意識到這點，我的心跳就平復不下來。

「……月、月愛？」

攝影已經結束了，月愛卻沒有移動到塗鴉區。當我喊了她一聲，她才帶著微紅的表情露出滿足的微笑。

「人家一直想拍張親嘴大頭貼呢。」

她那害羞的表情好可愛。

一直想拍的意思……就是月愛也是第一次嗎？

想到這裡，我的心中湧出了一股喜悅。

「……所以，龍斗呢？」

「嗯？」

這時，月愛突然湊到我的面前。

「你想對這隻兔子女僕做什麼事呢？」

「咦……？」

那幾乎要撐破襯衫的胸口逼近到我面前，害我發出慌亂的聲音。

月愛抬起眼睛，以近乎挑逗的眼神注視著我。

「欸欸，人家這樣色不色？心裡會不會癢癢的？想不想做色色的事情？」

月愛將那對胸部壓在我的胸前，撩撥似的問著。

充滿彈性的柔軟觸感讓我心跳加速。明明身處公開場所，理性卻幾乎要斷線……為此感到慌張的我對月愛說：

「怎、怎麼了，月愛？妳今天有點奇怪耶……？」

月愛隨即露出驚訝的表情，稍微離開我的身邊。

「……不知道。人家好奇怪，連自己也很清楚不對勁。」

她困惑地垂下眼睛，喃喃說著。

「就算找妮可商量，她也只會說人家很煩……所以只能問龍斗了。」

「問、問什麼？」

當一頭霧水的我這麼反問她，月愛猛然地抬起頭望向我。

「欸，我們兩人不管有什麼想法都必須說出來對吧？」

「唔、嗯……」

雖然這是月愛提出來的，但我也打算遵循這個原則。

面對帶著這樣的想法，準備聽取問題的我，月愛卻說出了不得了的話。

「人家想把龍斗逗得心癢難耐……想讓你用色情的眼神看著人家。這是不是就代表人家『想和龍斗上床』呢？」

「咦？」

「欸，你怎麼看？人家是不是想和龍斗做了呢？」

月愛又湊到我的面前，用引人遐想的眼神注視著我。我的腦袋快要陷入恐慌狀態啦！

「這種感覺是第一次……人家搞不懂啦……」

月愛以微弱的聲音喃喃說著。

拍貼機供顧客塗鴉的時間早已過去，貼紙此時可能已經印了出來。幸好我們的後面沒有其他人在排隊。

「…………」

我一邊在腦袋的小角落思考著這些事。

咦咦咦咦——————！

一邊在心裡發出若有「心聲音量競賽」，毫無疑問可以拿到優勝的叫喊。同時凝視著眼前打扮成兔子女僕的女朋友，心臟飛快地猛跳不止。

後記

非常感謝各位也拿起了第四集！

這次是從晚秋到冬天的故事。冬天的回憶似乎都有些苦澀，各位感覺如何呢？

我在撰寫這次的故事時，想起了高三考大學前聖誕夜的記憶。我和上同一間補習班的學校朋友趁著課堂間的下課時間到充滿情侶的街上，一鼓作氣買下了超商裡的整塊蛋糕，回到教室裡自暴自棄地大吃特吃。以當時的感情來說，那應該是苦澀的回憶，現在回想起來卻只剩下某種感動。

特殊的事件總是容易留在心中呢。對於龍斗而言，這個冬天發生的事在長大成人之後一定也會成為一段令人懷念的回憶。

說到回憶，我對大頭貼也有懷念的回憶。由於偶爾會撰寫有辣妹的作品（《オタク荘の腐ってやがるお嬢様たち》裡也有辣妹登場），我平時就多多少少對最新的大頭貼消息有所涉獵。不過目前的拍貼機樣貌與我當學生的時代相比改變太多。如果我現在交了辣妹朋友，讓她帶我去拍大頭貼，我所受到的文化衝擊可能會比龍斗還大而被嚇得半死呢。

高中的時候，我很喜歡拿朋友和她男友拍的大頭貼。如果可以，我會主動央求對方：「反正妳也沒別人可以給吧？那就給我吧。」以類似創作作品裡在一旁觀看情侶發萌的心態，觀察情侶友人是很開心的事。明明自己沒有男朋友，卻很自然地貼滿大頭貼相簿，偶爾還拿出來微笑著欣賞。現在回想起來那個樣了有點恐怖耶……

善於保存物品是我少數可以拿來自豪的優點之一，所以我到現在還保留著當時的大頭貼相簿。隨時都可以翻出來。各位曾經送我與男友合拍大頭照的朋友們，在床上發抖吧……

所以呢（強行切換話題），現在已經來到第四集。能走到這步全都是各位讀者的功勞。

在第三、第四集展開的月愛與海愛的故事，至少在第一集發行時就已經以片段的形式存在於我的構想中。不過在第二集之前的階段，由於還無法預測是否能出續作，所以我暫時以推動月愛和龍斗的關係為優先。結果把海愛描寫成看起來像用來試探龍斗感情的工具人角色，我對這點一直耿耿於懷。

所以這次能以這種方式好好地描寫海愛這位龍斗與月愛的故事之中必要的角色，讓姊妹的故事能告一段落，真的是太好了。

配角們的戀愛關係也與前一集的狀況有一百八十度的大轉變，會不會讓各位有看得越來越目不轉睛的感覺呢？（作者自己鼓動讀者並施加壓力）

負責插畫的magako老師這次也畫出了非常美麗的插圖，實在感激不盡！硬是請您畫出Before版阿伊，真的很感謝！

責任編輯松林大人總是像揹起孑泣爺爺般照料著我，很謝謝您平時的照顧！多虧了您，我才能集中精力在寫小說上。

還有，之前在《Dragon Magazine》等地方已經公布過，本作『位於戀愛光譜～』竟然畫成漫畫了！連載開始的日期預定是本書發售日四天後的二月二十三日（註：此為日文版發行狀況），請各位務必查看「ガンガンONLINE」網站上的消息！

還有還有，讀完正篇故事與前面那些後記內容的讀者應該已經察覺到了。感謝大家的支持，第五集也決定要出版了。

龍斗與月愛的故事從初夏、夏天、秋天，到冬天。終於在下一集過了一輪季節，進入春天。敬請關注迎接高中最後一年生活的兩人，他們的戀情將會有什麼樣的結果，以及他們周遭的夥伴們又過著什麼樣的青春！

那麼，希望我們能在下集再會！

二〇二二年一月　長岡マキ子

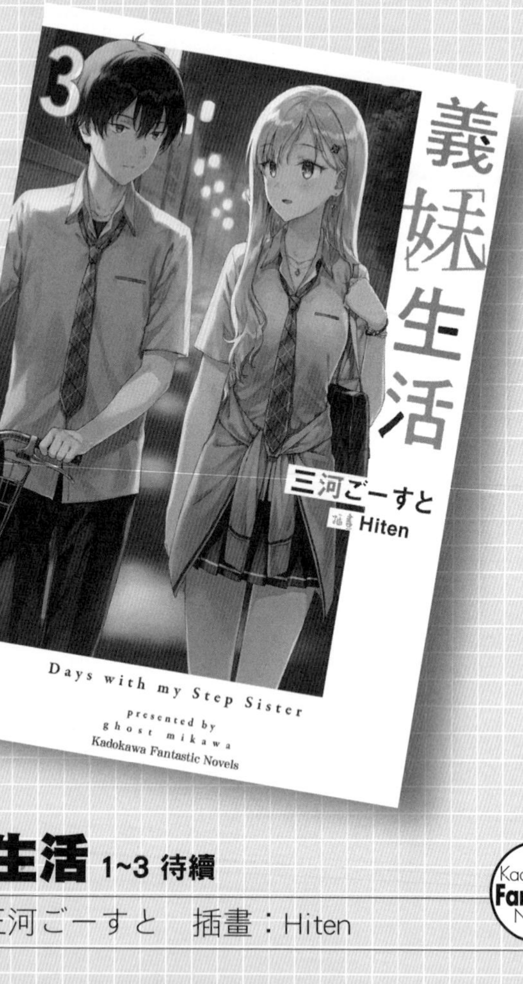
3
義妹生活
三河ごーすと
插畫 Hiten
Days with my Step Sister
presented by
ghost mikawa
Kadokawa Fantastic Novels

義妹生活 1~3 待續

Kadokawa Fantastic Novels

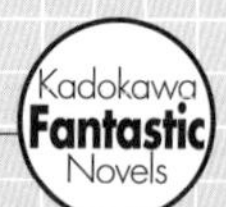

作者：三河ごーすと　插畫：Hiten

逐漸改變的關係與想要守護的東西。
漸行漸近的兄妹，他們所珍視的日常。

沙季應徵上悠太工作書店的打工。立場成了前輩的悠太，發現她許多嶄新的一面。同時段排班的讀賣栞卻從沙季的模樣，看出那無法依賴別人的認真個性，某天說不定會毀了她。悠太被迫抉擇，要打破最初的約定，插手影響她的生存方式，還是不要……？

各 **NT$200/HK$67**

轉學後班上的清純可愛美少女，竟是小時候玩在一起的哥兒們 1~3 待續

作者：雲雀湯　插畫：シソ

水上樂園、打工、購物——
與妳一起度過的特別的暑假！

隼人發現春希在自己心中有「特別」的地位後，對於急速拉近的距離感到不知所措。另一名兒時玩伴沙紀對隼人抱有「好感」，春希卻沒辦法心甘情願地聲援朋友的戀情，這份感情到底是……當春希對自己的心情束手無策時，期盼已久的暑假來臨了！

各 **NT$220~270/HK$73~90**

青梅竹馬絕對不會輸的戀愛喜劇 1~8 待續

作者：二丸修一　插畫：しぐれうい

三名女主角各懷戰略要追求末晴，
沒想到卻在聖誕派對舞台上出現意外發展！

連真理愛都變成意識到的對象後，我決定跟她們三個人保持距離。學生會委託群青同盟舉辦的聖誕派對即將來臨。黑羽在「青梅女友」關係解除後跟我保持距離，白草願意尊重我的意志，真理愛則是設法拉近與我的距離。三人各有因應方式，讓我感到痛心……

各 **NT$200~240/HK$67~80**

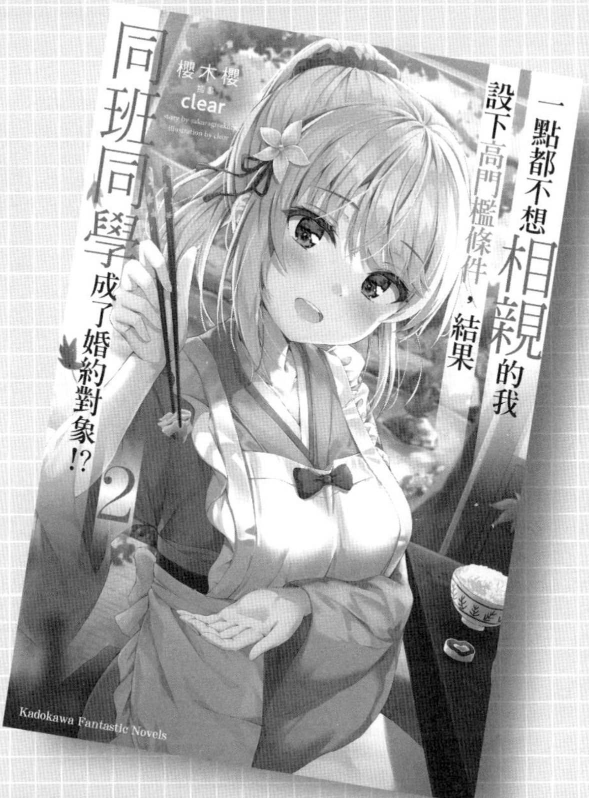

一點都不想相親的我設下高門檻條件，結果同班同學成了婚約對象!? 1~2 待續

作者：櫻木櫻　插畫：clear

「我們可以睡在同一間房裡嗎……？」
始於假婚約，令人心癢難耐的甜蜜戀愛喜劇，第二幕。

不斷累積甜蜜時光的過程中，心也越來越貼近彼此。當由弦和愛理沙一如往常地待在由弦家時，卻突然因為打雷而停電。憶起兒時心裡陰影的愛理沙半強迫性地決定留宿在由弦家，於是由弦準備讓兩人能分別睡在不同房間。不安的愛理沙卻開口拜託他——

各 **NT$250/HK$83**

繼母的拖油瓶是我的前女友 7
紙城境介
插畫／たかやKi
但願此刻暫時停留
Kadokawa Fantastic Novels

繼母的拖油瓶是我的前女友 1~7 待續

作者：紙城境介　插畫：たかやKi

「——我們的生日。那天，你要空出來喔。」
以兄弟姊妹關係迎來這天的兩人將面對彼此感情？

當起學生會書記的結女，神色緊張地踏進學生會室，誰知室內卻聚集了一群對戀愛意外多愁善感的高中生！以往與水斗成天互酸的她，事到如今難以啟齒表達好感，竟從學生會女生大談的戀愛史當中獲得靈感，想出引誘水斗向自己告白的「小惡魔舉動」？

各 **NT$220~270/HK$73~90**

國家圖書館出版品預行編目資料

位於戀愛光譜極端的我們/長岡マキ子作；Shaunten
譯. -- 初版. -- 臺北市：臺灣角川股份有限公司,
2022.10-
冊；　公分. -- (Kadokawa fantastic novels)
譯自：経験済みなキミと、経験ゼロなオレが、お
付き合いする話。
ISBN 978-626-321-864-2(第4冊：平裝)

861.57　　111013122

Kadokawa
Fantastic
Novels

位於戀愛光譜極端的我們 4

（原著名：経験済みなキミと、経験ゼロなオレが、お付き合いする話。その4）

2022年10月7日　初版第1刷發行
2023年6月7日　初版第2刷發行

作　者：長岡マキ子
插　畫：magako
譯　者：Shaunten

發行人：岩崎剛人
總編輯：蔡佩芬
編　輯：楊芫青
美術設計：黃永漢
印　務：李明修（主任）、張加恩（主任）、張凱棋

發行所：台灣角川股份有限公司
地　址：104台北市中山區松江路223號3樓
電　話：（02）2515-3000
傳　真：（02）2515-0033
網　址：www.kadokawa.com.tw
劃撥帳戶：台灣角川股份有限公司
劃撥帳號：19487412
法律顧問：有澤法律事務所
製　版：尚騰印刷事業有限公司
ＩＳＢＮ：978-626-321-864-2